Sagen aus Dorsten

Zur Autorin:
Edelgard Moers, Dr. phil, schreibt pädagogische Fachliteratur, Schulbücher, Romane, Kinderlieder und lebt mit ihrem Mann in Dorsten.
www.edelgardmoers.de

EDELGARD MOERS (Hrsg.)

Sagen aus Dorsten

Seltsames zum Nachdenken
Wundersames zum Staunen
Schauriges zum Gruseln

Bibliografische Information der Deutschen Nationalbibliothek:
Die Deutsche Nationalbibliothek verzeichnet diese Publikation
in der Deutschen Nationalbibliografie; detaillierte bibliografische
Daten sind im Internet über http://dnb.dnb.de abrufbar.

depositphotos.com: wingnutdesigns, katerinamk
Bild von rawpixel.com
Umschlagdesign, Satz, Herstellung und Verlag:
BoD – Books on Demand

ISBN 978-3-7568-7515-3

Inhalt

Vorwort

Für Menschen einer Stadt sind Geschichten sinnstiftend und gemeinschaftsfördernd. Jung und Alt entdecken darin Spuren der Vergangenheit. Sie identifizieren sich durch die Inhalte eng mit ihrer Heimat, blicken über den Gartenzaun zum Nachbarn, erfahren von Schicksalen anderer, verstehen Einstellungen und Haltungen der Mitmenschen, lernen aus deren Erfahrungen, spüren Konflikten nach, erkennen Sehnsüchte oder Ängste wieder, erweitern ihre Fantasie, lassen sich unterhalten, versinken in eine andere Welt, informieren und bilden sich, erweitern ihr Wissen, hören von alten oder von neuen Helden, staunen und wundern sich, werden angerührt, aufgerührt, getröstet, ermutigt, vollziehen einen Standortwechsel oder sehen einen neuen Weg und werden zum Handeln ermuntert. Geschichten verbinden und geben Lebenshilfe, sind Teil der Heimathistorie und gehören zum Kulturgut einer Region. Vor allem die überlieferten Sagen erzählen von seltsamen oder wundersamen Dingen. Die Geschichten, die vom Leben und Wirken der Heiligen berichten, gehören eher zu den Legenden als zu den Sagen. Aber manchmal sind die Übergänge fließend.

Sagen sind Geschichten, die dem Märchen oder der Legende ähnlich sind. Durch die Angaben von Personen oder Orten erscheinen sie wie Berichte. Sie erzählen von übernatürlichen Wesen wie Elfen, Zwergen, Riesen, Werwölfen, vom Teufel oder von verzauberten Menschen, von gefährlichen Moorlandschaften, versetzten Grenzsteinen und untergegangenen Burgen oder Kapellen. Aber sie beschreiben auch ungerechte und bitterböse oder herzensgute und hilfsbereite Bewohner. Manchmal berichten sie von Spökenkiekern, die in die Zukunft schauen können. Mitunter kommen außergewöhnliche Dinge von unheimlichen Mächten und bestrafen das Böse oder belohnen das Gute. Oft wird ein Held herausgestellt.

Die sagenhaften Geschichten haben dennoch mit dem wirklichen und alltäglichen Leben zu tun. Meist erkennt der Leser irgendwo ein Körnchen Wahrheit und kann das ursprüngliche Ereignis erahnen, eine Höhle wiederfinden, einen verwitterten Stein aufsuchen, einen Straßennamen verstehen oder eine Botschaft verinnerlichen. Manchmal erfährt er etwas über den Umgang der Menschen miteinander und ihre Werteorientierung oder er bekommt einen Einblick in gewaltige Naturereignisse. Denn in den Sagen wird die Achtung vor dem Leben und vor der Natur zum Ausdruck gebracht. Der Schluss lässt den Leser oft aufatmen oder zum Nachdenken anregen und hoffen, dass die Gerechtigkeit siegt.

Menschen sind schon immer von diesen Erzählungen fasziniert gewesen. Von Generation zu Generation haben sie sie weitergegeben, aber nicht jedes Mal in dem gleichen Wortlaut vorgetragen, sondern haben sie im Laufe der Zeit etwas verändert. Manche Erzähler haben sie erweitert, ausgeschmückt oder vom Plattdeutschen ins Hochdeutsche übersetzt. Irgendwann hat sie dann jemand in der geläufigen Sprache aufgeschrieben.

Sagen machen nicht unbedingt an der Stadtgrenze halt, sondern überschreiten sie auch schon mal. Mitunter finden sich auch ähnliche Erzählungen in den Nachbargemeinden wieder oder es geht um Streitigkeiten zwischen zwei Ortschaften.

Die ursprünglichen Verfasser der Sagen sind heute unbekannt. Hingegen wissen wir, wer sich in den letzten einhundert Jahren um den Erhalt der Dorstener Sagen gekümmert hat. Joseph Kellner hat in seiner Zeit als Lehrer einige Sagen gesammelt und aufgeschrieben. Auch Hugo Hölker sowie Gertrudis und Ludwig Tüshaus sind unvergessen, weil sie mehrere nacherzählt und veröffentlicht haben. Dirk Sondermann hat in seiner Sammlung interessierten Leserinnen und Lesern verschiedene Dorstener Sagen zugänglich gemacht und online gestellt. Darüber hinaus sind einzelne Sagen aus unserer Region von mehreren Autorinnen und Autoren in unterschiedlichen Publikationen abgedruckt worden, die bis heute kleine und große Menschen in den Bann ziehen.

Für dieses Werk habe ich die Sagen aus Dorsten zusammengefasst, bearbeitet und zum Teil neu erzählt. Den Leserinnen und Lesern wünsche ich viel Freude bei der Lektüre.

Edelgard Moers

Der erste Dorstener

Vor langer, langer Zeit, kurz nachdem Gott die Welt erschaffen hatte, formte er in einer Region eine raue Landschaft, die mit Urwäldern und Sümpfen bedeckt war. Mitten hindurch schlängelten sich mehrere Bäche und ein großer Fluss. Sonne und Regen wechselten sich regelmäßig ab, sodass die Wälder in ein sattes Grün gehüllt waren und die Wiesen weich wie Samt schimmerten.

Erschöpft von der vielen Arbeit ließ sich Gott am Fluss nieder, an der Stelle, an der eine kleine Furt über das Wasser führte. Petrus meinte, dass das Land wohl unwirtlich aussähe, aber die Erde fruchtbar erschiene. Er bat Gott, einen Menschen zu schaffen, der nun dieses Land urbar machen und hier eine Stadt bauen sollte, damit es eine schöne Heimat für die Nachkommen sein könnte.

Gott reckte und streckte sich, griff eine Handvoll Lehm, und wollte aus ihm einen Erdbewohner formen. Ein großer starker Mann war zu erkennen, ein breitschultriger Hüne, wie geschaffen für die harte Arbeit auf Feld und Hof. Doch da hielt Petrus Gott von der Vervollständigung ab und meinte, dass der Mensch ein dickköpfiger und sturer Bauer werden würde.

Gott knetete den Lehm wieder zusammen und legte den Klumpen beiseite. Nun füllte er die andere Hand mit Lehm und wollte aus ihm einen wohlgestalteten Jüngling formen. Gott erklärte, dass dieser Jüngling nicht so stark wie der Bauer sein würde, den er aus dem Lehm südlich der Lippe formen wollte, aber intelligent genug sei, sich sein Leben so zu gestalten, dass er ein auskömmliches Leben finden könne. Er hoffte, das Petrus mit seinem Werk nun zufrieden sein würde.

Doch Petrus widersprach auch jetzt, denn dieser Jüngling wird zwar schön und klug geraten, doch er wurde aus Lehm westlich des Schölzbaches erschaffen. Gott richtete sich enttäuscht auf und knetete den Lehm wieder zusammen. Er beschloss, es noch einmal zu versuchen. Diesmal griff er etwas weiter, füllte wieder die Hand mit Lehm und wollte aus ihm ein Mädchen formen. Er kannte seinen Begleiter gut und war sicher, diesmal auf keinen Widerspruch zu stoßen.

Petrus sah seinem Herrn interessiert bei der Arbeit zu. Doch plötzlich bat er Gott, inne zu halten und meinte, dass das Mädchen ein gar liebliches Geschöpf werden würde, doch leider sei der Lehm vom Kirchhellener Gebiet. Daraufhin knetete Gott den Lehm wieder zusammen.

Da nahm Gott alle drei Lehmteile, vermischte sie mit dem Wasser aus dem Fluss und knetete sie zu einem großen Klumpen zusammen. Er forderte Petrus auf, diesen Klumpen kräftig mit dem Fuß anzustoßen. Sogleich rührte sich etwas, und ein mächtiger, wilder Mann, ein Riese, wuchs aus ihm hervor. Er reckte sich hoch, trat sofort drohend auf den erstaunten Petrus zu und brüllte ihn an, weil er ihn getreten hatte. Petrus erschrak und versteckte sich hinter dem Rücken Gottes.

Gott schmunzelte und erklärte seinem Begleiter, dass ihm der wilde Mann gefallen würde. Er sei zwar in seiner

Erscheinung rau und schroff, aber robust, um in der Landschaft zu überleben, und seine Augen seien treu und gut und sein Herz sanft und voller Liebe. Gott sprach, dass er so wie er sei, bleiben solle, und auch jeder, der als Nachfahre dieses Land bewohnen wird, soll sein Wesen haben.

Und so sind die Dorstener auch heute noch. Sie können stur wie ein Bauer sein, sorgen aber treu und verantwortungsvoll für ihre Familien, und sind tief in ihren Herzen sanft und zärtlich zu den Menschen, die sie lieben. Und wenn sie sich über die Menschen nördlich der Lippe, westlich des Schölzbaches oder südlich der Stadtgrenze beklagen, so wissen sie doch, dass sie selbst von diesem Fleische sind. Und so sind die Dorstener gastfreundlich, weltoffen und haben Freude am Leben.

Und wenn Gott mal wieder in diese Gegend kommt, lässt er sich nieder und betrachtet zufrieden sein Werk, das er einst vor langer Zeit geschaffen hat.

 **Quellen**

Josef Kellner: Der erste Westfale. In: Heimatkalender der Herrlichkeit Lembeck. Dorsten 1930, Seite 29.

Werner Wenig: Wie Gott den ersten Dorstener erschuf. In: Edelgard Moers (Hrsg). Neue Dorstener Geschichten. Dorsten 2002, Seite 11–13.

Wie der Name Dorsten entstand

Vor langer Zeit schaute Gott wieder einmal vom Himmel hinunter auf die Erde, um zu sehen, ob dort noch alles nach seinem Willen geschah. Dabei erblickte er ein Fleckchen Erde, das gar lieblich anzusehen war. Prächtige Baumreihen durchzogen Flur und Felder, von Wallhecken eingerahmt gaben sie mannigfachen Tierarten eine Heimat. Vereinzelte Bauernhöfe standen verstreut zwischen sanft abfallenden Hügeln. Wollgras leuchtete aus weitläufigen Mooren dem Beobachter strahlend entgegen. Gott war neugierig geworden. Er wollte hinuntersteigen, um sich alles genau anzusehen. Schon bald darauf machte er sich auf den Weg.

Der Teufel aber, der die Angewohnheit hatte, sich stets allem Guten an die Fersen zu heften, folgte ihm, so schnell es sein Pferdefuß zuließ. Gott, der Herr, schritt zügig voran, blieb dann und wann stehen, schaute in ein Haus oder roch an den duftenden Sträuchern. Der Teufel blieb immer in seiner Nähe. Er gab nicht auf, auch wenn er des Öfteren in die großen Fußstapfen des Herrn purzelte, aus denen er nur mühsam wieder herauskrabbeln konnte. Übermächtig war seine Angst, einen Menschen zu übersehen, der geeignet war, seinen teuflischen Einflüsterungen zu folgen. Aber Gott lächelte nur.

Als der Teufel wieder einmal in eine der riesigen Fuß-abdrücke fiel, holte Gott ihn heraus. Er ging mit ihm in den nächsten Ort, um zu sehen, ob die Bevölkerung dieses Geschenkes und auch seines Segens würdig sei. Sollten die Menschen dem Teufel folgen, wären sie sein, was immer er auch damit vor hätte. Streben sie jedoch Gottes Liebe nach, würde er sie auf seine Weise belohnen.

Im Ort angekommen ließen sich die beiden Wanderer auf dem Marktplatz am Dorfbrunnen nieder. Was sie sahen, erfreute den Herrn. Menschen aus unterschiedlichen Ge-genden trieben Handel miteinander und sprachen freund-lich miteinander. Niemand wurde wegen seiner Herkunft oder seines Geschlechts benachteiligt. Jeder Einzelne war in besonderem Maße bemüht, dem Anderen gegenüber zuvorkommend und gerecht zu sein.

Immer wieder kamen die Menschen zum Brunnen, um von seinem erfrischenden Nass zu trinken. Erstaunt schaute sich der Herr um und entdeckte ein Schild mit der Aufschrift „Quelle der Gerechtigkeit". Erfreut rief Gott aus, dass alle Menschen, so wie in diesem Ort, nach Gerechtig-keit dürsten sollten. Als Mahnung an die Welt und als Be-lohnung für die Menschen soll der Ort diese Gottesworte als Namen tragen. Weil er aber den damaligen Bewohnern zu lang war, nannten sie ihn kurzerhand „Dürsten".

Im Laufe der Jahre wurde aus dem Wort der Name „Dorsten". Stolz erzählen seine Bürger jedem Besucher ihrer friedvollen Gemeinschaft den Ursprung ihres Orts-namens. Inzwischen ist der Ort zu einer Stadt angewach-sen, denn viele Menschen wollten in diesem Paradies leben.

Der Teufel aber, der einsah, dass ihm niemand folgen würde, stampfte so hart mit seinen Hufen auf, dass die Erde unter ihm nachgab und ihn verschlang.

Leider kommt er immer mal wieder dort an die Erdoberfläche, wo er gewiss sein kann, dass Menschen auf ihn hören werden.

 **Quelle**

Brigitte Frieben: Wie der Name Dorsten entstand. In: Edelgard Moers (Hrsg): Dorstener Geschichten. Dorsten 2000, Seite 11–12.

Der Fremde in Dorsten

Vor langer Zeit gab es einen Aufstand der Sachsen gegen die Franken unter Pippin von Herstal. Bedingt durch diese Unruhen wurde auch der Apostel Suitbertus verfolgt. Er musste vor den heidnischen Sachsen fliehen und kam in die Besiedlung an der Lippe, dem heutigen Dorsten.

Die Bewohner fragten sich, was ihn veranlasst haben könnte, seine Heimat zu verlassen. So hegten sie Misstrauen gegen ihn, nahmen ihn schließlich gefangen und warfen ihn in den Kerker. Einige hatten sogar vor, ihn zu töten.

Doch seine Anhänger, die sich auf der nördlichen Seite der Lippe aufhielten, spürten ihn auf und befreiten ihn. Zusammen mit ihnen überquerte er die Lippe. Er bedankte sich bei ihnen und predigte von Nächstenliebe und vom Himmelreich auf Erden. Sie nahmen bereitwillig seine Lehren an. Bald taufte er die Gläubigen, betete für sie und begann damit, für seine neue Gemeinde ein Haus zum Beten zu bauen, bei dem ihm viele mithalfen. Schon zwei Jahre später konnte die kleine Kirche eingeweiht werden. Viele Menschen kamen nun zu dem Gotteshaus.

Auch die Bewohner auf der südlichen Seite der Lippe waren neugierig und liefen an der schmalsten Stelle durch den

Fluss, um sich die Kirche anzusehen. Unter ihnen war auch ein junger Mann. Weil die Menschen im Wasser immer mehr drängten, um an das andere Ufer zu kommen, verlor er den Halt und fiel in den Fluss. Der Jüngling strampelte um sein Leben, doch niemand achtete darauf. Alle waren damit beschäftigt, im Wasser nicht auszurutschen. Mit einem letzten Aufbegehren ging der junge Mann schließlich in den Wassermassen unter. Endlich, im Anblick des Todes, nahmen ihn die Menschen wahr, verharrten sofort und starrten fassungslos auf den leblosen Körper, der im Wasser trieb.

Eine Frau gab das Kommando, den jungen Mann sofort herauszuziehen. Einige Männer stapften zu ihm und zogen ihn heraus. Da rief einer, dass es der Sohn des Guntherus sei. Schon bald darauf informierten einige den Vater des jungen Mannes, der sofort kam. Guntherus ließ den Leichnam seines Sohnes über die Lippe nach Hause bringen. Dort betete er zu seinem Abgott Martil und brachte ihm auch ein blutiges Opfer. Aber nichts geschah. Nach mehreren erfolglosen Versuchen wandte sich Guntherus, nun voller Zweifel gegen seine heidnischen Götter, an den Apostel der Christenmenschen, der auf der anderen Seite der Lippe predigte.

Suitbertus folgte dem Ruf des Mannes und machte sich unverzüglich auf den Weg nach Dorsten. Er rief demütig den Herrn um Hilfe, besprenkelte den toten Jüngling mit geweihtem Wasser, berührte ihn mit dem Hirtenstab und hörte nicht auf, für dessen Wiederauferstehung zu beten. Da erhob sich zum Staunen der Menge der Jüngling und pries laut den Allmächtigen. Danach war es einen Augenblick still, doch dann tobte die Menge vor Begeisterung. Die

Bewohner fielen sich gegenseitig in die Arme und priesen den Gott der Christen.

Suitbertus waren vor Erleichterung die Knie weich geworden. Er dankte in stummer Zwiesprache seinem Herrn, der ihm zur rechten Zeit beigestanden hatte.

Nachdem sich die Menge wieder beruhigt hatte, bat Guntherus ihn um Vergebung, weil die Bürger von Dorsten ihm zunächst keinen Glauben schenken und ihm nach dem Leben trachten wollten. Er bedankte sich bei Suitbertus. Als Anerkennung wollten die Bewohner seinen Glauben annehmen und sich von ihren alten Göttern lossagen. Guntherus bat ihn, in Zukunft auch hier zu predigen.

Die Dankbarkeit hält bis in unsere Zeit an. Noch heute trägt eine Gasse in Dorstens Innenstadt seinen Namen. Sie ist ungefähr an der Stelle, an der der Apostel Suitbertus einst zum Gefängnis geschleppt wurde.

Quellen

Karl Heck: Suitbertus an der Lippe. Weseler Sagenbuch. Sagen, Legenden und Anekdoten aus Wesel und seiner Umgebung. Beilage in einer Tageszeitung. Wesel 1937.

Ute Heymann, gen. Hagedorn: Wie Gott seinem Apostel in letzter Sekunde beistand. In: Heimatkalender der Herrlichkeit Lembeck und Stadt Dorsten. Dorsten 2011. Seite 162–163.

Der Werwolf an der Lippe

Am Ufer der Lippe lebte in früheren Zeiten ein sonderbarer Mann. Seine Augen blickten düster aus dem finsteren Gesicht. Kaum jemand bekam ihn zu sehen, aber alle fürchteten sich vor ihm. Was er auf dem Gewissen hatte, wusste niemand. Die Bewohner des Ortes sagten, dass er ein verzauberter Mensch sei. Wegen vieler boshafter Taten sollte er sein Dasein so lange fristen, bis eines Tages einmal ein Mensch freundlich zu ihm sein würde und Mitleid mit ihm haben sollte. So kam schließlich die bittere Einsamkeit über ihn, und Grimm und Groll beherrschten seine Seele.

Nach und nach entwickelte er sich zu einem Werwolf. Er hauste jahraus und jahrein in einer Höhle, ohne dass sich jemand in seine Nähe traute. Wenn er seine Höhle verließ, dann bewegte er sich zwischen den dunklen, krummen Kiefern.

Doch um Mitternacht, wenn die Turmuhr schlug, wurde er einige Male am Ostgraben gesehen. Er duckte sich in die Schatten der Häuser und lauerte auf Bürger, die spät aus dem Gasthof heimwärts wankten, sprang ihnen auf den Rücken und drückte sie mit den Pranken zur Erde. Erst mit dem Glockenschlag eins verlor der Werwolf seine Macht.

Die überfallenen Bürger flüchteten verstört nach Hause und atmeten erst wieder in der heimischen Kammer auf.

Ein Bewohner hatte sich aus Neugier einmal bis zu seiner Höhle gewagt. Er ist auf Nimmerwiedersehen verschwunden. Deshalb machten die Menschen nun aus Angst einen großen Bogen um ihn.

Doch eines Tages kam ein junger Handwerksbursche von der Ruhr durch diese Gegend. Er war fleißig und sehr tapfer. Bisher hatte ihn noch kein Wesen das Fürchten gelehrt. Die Furt über die Lippe hatte er genutzt, um auf die andere Seite des Flusses zu gelangen. Nun wollte er weiter in das nördliche Münsterland, um sein Handwerk auszuüben.

Von dem Werwolf und den Geschichten über ihn hatte der Handwerksbursche noch nie gehört. Unbeabsichtigt kam er der Höhle sehr nahe. In dem Augenblick sprang das Ungetüm aus seinem Quartier. Eigentlich wollte es sich gerade etwas Essbares suchen. Doch da entdeckte es den Wanderer und erschrak. Schon lange hatte es keinen Menschen mehr gesehen und wollte ihn nicht vertreiben, denn es hoffte auf Erlösung. Deshalb verharrte es still und reglos.

Der Jüngling blieb ebenfalls stehen und schaute den Werwolf interessiert an. Angst hatte er keine. Vielmehr hatte er Mitleid mit dem zotteligen und bedauernswerten Geschöpf. Dann sprach er es freundlich und mit sanfter Stimme an. Zunächst erzählte er, woher er komme und wohin er wolle. Dann sagte er voller Anteilnahme, dass das schaurige Aussehen des Ungeheuers den Menschen wohl einen gehörigen Schreck einflößen könne, und er drückte sein Bedauern darüber aus. Schließlich fragte er, womit er ihm helfen könne.

In dem Augenblick gab es einen heftigen Donner und dichter Nebel breitete sich aus. Der Jüngling traute seinen

Augen kaum. Als sich der Nebel auflöste, war der Werwolf spurlos verschwunden.

 ## Quellen

Joseph Kellner: Der Werwolf am Ostgraben. In: Heimatkalender der Herrlichkeit Lembeck und Stadt Dorsten. Ausgabe 1968. Seite 103.

Edelgard Moers: Der Werwolf von der Lippe. Unveröffentlichter Text. Dorsten 2022.

Die Seherin von der Lippe

Der römische Geschichtsschreiber Tacitus berichtete von einer Jungfrau mit dem Namen Veleda. Sie gehörte zum Stamm der Brukterer und lebte direkt an der Lippe. Die Bewohner von Spellen und Haltern vereinnahmen Veleda für sich. Aber Historiker haben kürzlich herausgefunden, dass ihr Wohnsitz wohl Dorsten gewesen sei.

Überliefert ist, dass Veleda eine Druidin war, eine keltische Priesterin. Als solche verkündete sie, wie sie sagte, den Willen der Götter. Sie wurde als Seherin verehrt und prophezeite den Germanen immer wieder einen Sieg über die Römer. So stieg das Ansehen dieser Frau stetig. Für ihre Weissagungen benutzte sie kleine Stäbe aus Buchenholz, die sie in die Höhe warf. Wenn diese Stäbe wieder auf den Boden zurückfielen, bildeten sie Zeichen und Runen, aus denen Veleda Deutungen ablesen konnte. Das Wort Buchstabe ist aus dieser Handlung entstanden.

Durch ihre Fähigkeit, in die Zukunft zu schauen, rettete Veleda einmal die Stadt Köln vor der Zerstörung. Am helllichten Tage mussten die Schiffe der geschlagenen Römer zurückfahren. Das von den Germanen erbeutete Flaggschiff transportierte eine Besatzung lippeaufwärts und überbrachte es Veleda als Geschenk. Ihre Stammesmitglieder waren voller Ehrfurcht und bauten der klugen Frau einen Turm, um sie vor den Römern zu schützen. Dort war sie gut versteckt. Nur zu ihren engen Verwandten hatte Veleda Kontakt, und diese überbrachten ihr die Botschaften.

Doch der römische Anführer Cerialis setzte alle Hebel in Bewegung und drang bis zu ihren Vertrauten vor. Er bot Veleda durch geheime Unterhändler den Frieden an. Sein Plan ging noch weiter. Er wollte, dass sein geschwächtes Römervolk mit hoffnungsvollen Weissagungen der klugen Frau aufgemuntert werden sollte. Cerialis schickte sogar eine Gesandtschaft mit Geschenken zu Veleda.

Die Seherin ging aber nicht auf dieses unethische Ansinnen ein. Sie war nicht bestechlich und würde auch keine römerfreundlichen Weissagungen tätigen, wenn es nicht der Wille der Götter wäre. Das teilte Veleda dem Gesandten mit, der seinem Anführer das Ergebnis überbrachte. Doch Cerialis wurde wütend und wollte Veleda mit Gewalt umstimmen.

Nun war die Seherin in ihrem Turm nicht mehr sicher, denn sie hatte sich mit ihrer Entscheidung endgültig den Zorn der Römer zugezogen. Mehrmals wechselte sie ihren Wohnsitz. Schutz fand sie zunächst auf der Burg Aliso in der Nähe von Paderborn, später in einer Höhle im Sauerland an der Ruhr. Von dort aus verkündete sie noch viele Jahre ihre Blicke in die Zukunft. Sie ließ sich auch weiterhin nie für unlautere Zwecke missbrauchen.

Der Turm an der Lippe in Dorsten, in dem Veleda lange gewohnt hat, ist irgendwann bei feindlichen Angriffen zerstört worden. Die Historiker beschäftigen sich heute noch mit der Frage, wo genau dieser Turm gestanden haben könnte.

 **Quellen**

Hugo Otto: *Die Seherin Veleda. In: Sagen vom Niederrhein. Moers 1931, Seite 131.*

Peter Bertram: *Die Seherin Veleda. In: Edelgard Moers (Hrsg): Andere Dorstener Geschichten. Dorsten 2005. Seite 154 ff.*

Dirk Sondermann: *Die Seherin Veleda. In: Dirk Sondermann (Hrsg): Lippesagen. Von der Mündung bis zur Quelle. Bottrop 2013, Seite 33–34.*

Dirk Sondermann: *Veleda auf der Homburg. In: Dirk Sondermann (Hrsg): Lippesagen. Von der Mündung bis zur Quelle. Bottrop 2013, Seite 195–196.*

Der Schatz in der Lippe

Vor langer Zeit ließen sich die Römer in Dorsten an der Lippe nieder. Darunter war eine junge Frau. Sie war einem jungen Kämpfer versprochen und sollte ihn bald heiraten. Wie immer machte sie sich auf den Weg durch ein kleines Wäldchen, um an der Lippe Wäsche zu waschen.

Irgendetwas an diesem Tag schien anders zu sein. Kein Vogelgesang war zu vernehmen. Nur der Wind rauschte durch die Baumkronen. Da sah sie auf einmal mitten auf einer Lichtung einen Mann liegen. Er hatte keine sichtbaren Verletzungen, aber er sah alt und zerfurcht aus. Seine Kleidung war vornehm, und er trug einen kleinen Beutel um seinen Leib. Die junge Frau wusste nicht, wie sie sich verhalten sollte. Sie wollte schnell einen Blick in den Beutel werfen und dann weitergehen. Dem alten Mann konnte sie nicht mehr helfen. Das erkannte sie sofort. Doch dann löste sie den Beutel von seinem Leib und lief davon. An einem entfernten Platz betrachtete sie das Säckchen näher. Es war schwer und schien gut gefüllt zu sein. Nun schaute sie hinein und tatsächlich, es waren Münzen aus Gold. Die junge Frau war fasziniert. Noch nie hatte sie so etwas Kostbares gesehen. Doch gleichzeitig bekam sie Angst. Was ist, wenn den alten Mann jemand vermisst und auf ihn wartet? Sie musste für ihren Fund eine Lösung finden.

Da sie zum Wäschewaschen auf dem Weg zur Lippe war, verstaute sie zunächst den Beutel im Korb unter der Wäsche. Sie ging so vergnügt wie immer zum Fluss und vergaß auch nicht, ein Lied zu singen, wie sie es immer tat. Beim Waschen dachte sie darüber nach, was sie machen sollte. Sie konnte unmöglich mit diesem Reichtum zurückkehren. Zu Hause hätte sie gar kein Versteck dafür gehabt. Die Familienangehörigen würden ihr sofort Diebstahl unterstellen und sie vor Gericht bringen. Sie beschloss, es an einer geeigneten Stelle zu vergraben und nur in Notzeiten einzelne Münzen herauszunehmen und einzutauschen. Als sie wieder in ihrer Siedlung ankam, hatte sie ihren Schatz gut vergraben und ihre Wäsche gewaschen. Sie behielt ihr Geheimnis für sich allein.

Am übernächsten Tag sollte ihre Hochzeit sein. Es herrschte heftiges Treiben. Die Männer gingen auf die Jagd, um einen ordentlichen Braten für die Hochzeitsgesellschaft zu besorgen. Die Frauen sammelten Kräuter, und andere richteten die Garderobe des jungen Paares. Auf einmal kamen die Jäger anstatt mit einem fetten Braten, mit dem alten toten Mann zurück.

Furcht stieg in der jungen Frau hoch, doch sie bewahrte Ruhe und verhielt sich wie die anderen. Die Anwesenden musterten den Leichnam von allen Seiten, bis der Bräutigam eintraf. Er näherte sich dem Toten und wurde kreidebleich. Völlig erschüttert erklärte er den Anwesenden, dass es sich um einen Verwandten handeln würde und er ihn als Überraschungsgast vorstellen wollte. Er untersuchte ihn sehr eingehend, aber er schien nicht zu finden, wonach er suchte. Die junge Frau konnte den Fund nicht beichten, ohne zum Teufel gejagt zu werden. Der Bräutigam fragte die Männer, ob er etwas bei sich getragen hätte, doch alle antworteten, dass sie nichts entdeckt hätten. Er berichtete, dass der Verstorbene ein Säckchen mit Goldstücken dabei hatte.

Noch in der Nacht gab es ein großes Unwetter, und es regnete über Tage sintflutartig. Die Lippe stieg über die Ufer und überschwemmte Wiesen und Felder. Die Hochzeit wurde verschoben, bis wieder bessere Zeiten ins Land ziehen würden.

Vor einiger Zeit fuhr ein junges Paar mit seinen Kindern an der Lippe entlang und suchte einen Platz für ein Picknick. An einer geeigneten Stelle hielten sie an, packten ihren Korb aus und ließen sich die Leckereien schmecken. Nicht weit von ihnen war an einer Wegbiegung eine seichte Stelle, die es den Kindern erlaubte, ins Wasser zu gehen. Die Kleinen hatten großen Spaß, planschten und stauten kleine Wasserdämme mit den Steinen, die sie im Wasser fanden. Plötzlich entdeckte eines der Kinder mehrere Goldstücke im Schlamm. Es sammelte sie auf und lief damit zu den Eltern. Der Vater prüfte den Fund, kratzte mit dem Fingernagel die schmutzige Schicht ab und bestätigte den Fund als etwas Kostbares.

 **Quelle**

Christel Blüggel: Der Goldschatz. Unveröffentlichter Text, Dorsten 2020.

Der Wallmeister

Als Dorsten Stadt geworden war, hatten die Bürger das Recht, sich mit Gräben, Wällen und festen Toren vor Eindringlingen zu schützen. Um die starken Mauern zu bauen, musste ein erfahrener Wallmeister kommen. Nach einiger Zeit war jemand gefunden, der das gesamte Bauwerk leiten sollte. Er hatte schon andere Städte zu Festungen ausgebaut und sich dadurch Ruhm und Ehre verdient. Unter seiner Leitung sollten die Bauern aus der Umgebung und die Bürger aus der Stadt die Festungswerke zum Schutz und zur Wehr in Kriegszeiten errichten.

Der Wallmeister war aber ein finsterer Mann, der ein steinernes Herz hatte, und der kein Erbarmen kannte. Er respektierte die Arbeiter nicht als Christenmenschen. Wie Tiere trieb er sie bei der schweren Arbeit in den Gräben und am Wall, an der Mauer und in den Türmen an, ohne Unterlass den ganzen Tag, von morgens früh bis spät in die Nacht. Er beschimpfte, verspottete und verhöhnte sie. Wenn sich Leute von der schweren Arbeit ausruhten, ging er mit der Peitsche auf sie zu, schrie sie an und beschimpfte sie als Hunde. Sie wandten sich ab und verbargen ihr Gesicht mit den Händen, doch bald sauste die Peitsche über den Rücken der Männer. Manche Flüche der Arbeiter galten dem Wallmeister. Viele wünschten ihm eine gerechte Strafe.

Weil er so brutal war, gingen ihm die Frauen in der Stadt aus dem Weg. Wenn er in die Nähe eines Hauses kam, so verschlossen sie schnell die Türen. Auch die Kinder hatten Angst vor ihm und versteckten sich, wenn sie ihn von weitem sahen. Niemand konnte sich erklären, warum er so unzufrieden und mürrisch war.

Eines Tages war er plötzlich verschwunden. Die Bürger fragten sich, wo er wohl geblieben sei. Doch niemand hatte eine Antwort. Die Erleichterung wollte sich nicht einstellen, weil die Menschen immer noch große Angst hatten. Doch dann erzählten einige, dass er als schwarzer, zottiger Hund in einem Hohlweg gesehen wurde. Weil er den Arbeitenden weder Ruhe noch Frieden gegönnt hatte, sollte auch er keinen Frieden finden.

Ruhelos musste er jedes Jahr in der Thomasnacht durch die Hohlwege ziehen, so lange, bis ihn ein Passant in einer stürmischen Thomasnacht antrifft und ihn nach seiner Schuld fragt. Weil aber die Thomasnacht zu den unruhigen Nächten gehört, in denen die bösen Geister in Scharen umherziehen, wagte sich bislang kein Bürger vor das Haus. Von einigen Menschen wurde der unheimliche geisterhafte Hund bereits gesehen. Der schwebende Gang und die feurigen Augen des Tieres waren ihnen so unheimlich, sodass sie schnell ins Haus zurückgelaufen waren. Bisher fand sich vermutlich noch niemand, der ihn erlöste.

Vermutlich wird der Dorstener Wallmeister noch heute als schwarzer, zottiger Hund in der Stadt umherstreifen.

 Quellen

Franz Wulf: Der Wallmeister. Eine Dorstener Sage. In: Vestischer Kalender 1928, S. 286.

Joseph Kellner: Der Wallmeister von Dorsten. In: Heimatkalender der Herrlichkeit Lembeck. Jahrgang 1934. Seite 47.

Adelheid Kollmann: Der Wallmeister. In: Adelheid Kollmann: Sagen aus dem alten Vest und dem Kreis Recklinghausen, Recklinghausen 1994, S. 56ff.

Die tapferen Frauen

Vor langer Zeit hatte Dorsten eine Stadtmauer und einen Wassergraben, um die Bürger vor Feinden zu schützen. Eines Tages waren die meisten Männer mit ihren Pferden unterwegs, um in einer Nachbarstadt Verhandlungen zu führen. Deshalb waren nur Frauen, Kinder und einige alte oder verletzte Männer zu Hause.

Auf diesen Moment hatte der niederländische Graf Philipp von Oberstein nur gewartet. Er wollte mit seinem Heer die Stadt besetzen und den evangelischen Glauben bei den Bewohnern gewaltsam einführen. Schon vor der Stadtmauer auf den Feldern war der Gesang seiner Männer zu hören, die sich auf diese Weise Mut machten:

„Graf Johannes Philipp von Oberstein
Schließt Dorsten mit Türmen und Toren ein
Die Wehre halten bei Tag und bei Nacht
An Wall und Graben verzweifelnde Wacht
Noch stehen die Türme, trotzen die Mauern
Doch durch die Stadt fliegt schwarzes Betrauern
Wie ein Gespenst kriecht nun durch alle Gassen
Obersteins Schwur und die Menschen erblassen
So wahr ich bin Philipp von Oberstein
Morgen sind Türme und Tore mein"

Als die Niederländer in Sichtweite kamen, schlugen die Wachen an der Mauer Alarm. Siegessicher kamen die Feinde immer näher, liefen durch den Wassergraben und versuchten, die Mauer hochzuklettern. Einige Soldaten versuchten sogar, ein Stadttor zu öffnen.

Die Frauen beteten zur gleichen Zeit in der Kirche der Franziskaner zur Heiligen Anna und zur Heiligen Katharina. Sie hatten große Angst um ihre Familien und hofften, dass die Heiligen ihnen wohl beistehen würden. Da hörten sie laute Rufe, die verkündeten, dass sich einige Feinde schon am Stadttor zu schaffen machen würden.

Jetzt kam die große Stunde der Frauen. Sie liefen hinaus. Angela Josten, die Frau des Bürgermeisters, gab laute Kommandos, die quer über den Marktplatz zu hören waren. Daraufhin bewaffneten sich die Frauen mit Mistgabeln, stellten sich auf die Mauer und stachen auf die kletternden Männer ein. Einige Frauen kippten heißes Öl und kochendes Wasser auf die Eindringlinge und warfen Steine, Dachziegel und Bienenkörbe hinterher.

Als die Soldaten die Hitze des kochenden Wassers zu spüren bekamen und die Glut des heißen Öls nicht mehr aushalten konnten, sprangen sie in den Wassergraben zurück, um sich abzukühlen. Sie hatten die Wahl zwischen Tod oder Flucht. Durch die Steinbrocken und Bienenkörbe, die die Frauen dann auch noch auf sie niederprasseln ließen, wichen sie schließlich zurück und kamen auch nicht wieder. Philipp von Oberstein und sein Heer waren durch die Tapferkeit der Dorstener Frauen besiegt worden.

Viele Jahre später rühmte Pfarrer Jakob Theodard Sartorius in einer berührenden Rede die Dorstener Frauen, die ihre Stadt so mutig verteidigt hatten.

Ein alter Notgeldschein erinnert an die Heldentaten der Frauen. Auf dem Schein erzählt ein Vers, wie der Graf hastig das Weite suchte:

„Jan Philipp woll met pulver un brand
Stadt Dossen scheiten in asge un sand
Do dreben met imen, füer un peck
Die wiewer van mur un purten em weg
Hei sleig sick halsoewerkopp düer de dämpe
Flog achteräes in de Dossen kämpe"

Auch der Brunnen am Marktplatz mit den historischen Figuren zeigt das Ereignis. Dort sind Dorstener Frauen zu erkennen, die die Feinde in die Flucht schlagen.

 **Quellen**

Josef Kellner: Die tapferen Frauen verteidigen ihre Stadt. In: Josef Kellner: Unveröffentlichte Sammlung von Sagen aus Dorsten, 1965.

Paul Fiege: Beiträge zur Entstehung der Stadt Dorsten. In: Heimatkalender der Herrlichkeit Lembeck und Stadt Dorsten. Dorsten. Jahrgang 1984. Seite 36–45.

Gea Runte: Die tapferen Frauen von Dorsten. In: Edelgard Moers (Hrsg): Dorstener Geschichten. Dorsten 2000. Seite 18–20.

Anke Klapsing-Reich, Hartmut Butzert: Heißes Öl kochte Philipp klein. In: Edelgard Moers (Hrsg): Neue Dorstener Geschichten. Dorsten 2002, Seite 63–64.

Rollende Räder am Katharinenmarkt

In Dorsten gab es seit jeher den Johannismarkt, den Michaelismarkt, den Katharinenmarkt und den Nikolausmarkt. Bauern, Handwerker und Kaufleute boten früh am Morgen ihre Waren an. Gaukler, Musikanten, Spieler und Artisten trugen zur Unterhaltung bei, und es fand eine Kirchmesse statt. Einige Marktbesucher kamen von weit her, aber auch manche Händler hatten eine lange Anreise. Der Katharinenmarkt wurde jedes Jahr zu Ehren der Heiligen Katharina am 25. November abgehalten.

Katharina, die Heilige mit dem zerbrochenen Rad, war die Schutzpatronin der Gelehrten, der Ehefrauen und Mädchen, der Theologen, der Schuhmacher, der Buchdrucker und vor allem der Schülerinnen. Sie gehörte zu den vierzehn Nothelfern und bildet mit Margareta und Barbara die Gruppe der Heiligen Jungfrauen. Ihr zu Ehren sangen und beten die Menschen in vielen Kirchen.

Auch in der St. Agatha-Kirche in Dorsten und in den Kapellen der umliegenden Dörfer sangen die Gläubigen am Katharinentag eine Kantate. Wer in Sorge und Nöten war, konnte in seinen Gebeten nach der Heiligen rufen und sie um Beistand bitten.

Das überlieferte Sprichwort der Bauern „*St. Kathrein lässt den Winter ein*" sollte daran erinnern, dass an dem Tag die

Weidezeit endete, das Vieh in die Ställe geführt werden musste und die kalte Jahreszeit beginnen wird.

Auf den Bauernhöfen begannen die Menschen, die Schafe zu scheren. Mägde und Knechte erhielten an diesem Tag ihren Lohn. Der Höhepunkt war der Kathreinentanz am Abend. Mit einer kräftigen Mahlzeit schließlich begrüßten die Bauern den Winter.

Am Katharinentag war in der Stadt für Räder strengstes Bewegungsverbot, weil die Heilige auf einem Rad festgebunden zu Tode gekommen war. Um ihr Respekt entgegenzubringen, fanden sich die Händler schon am Tag vorher auf dem Dorstener Markt ein.

Einmal hatte sich ein Händler zum Katharinenmarkt verspätet. Er fuhr mit seinem Gespann nach Mitternacht ganz leise auf den Marktplatz, obwohl er wusste, dass das Rollen von Rädern am Katharinentag verboten war. Morgens bereitete er seinen Stand vor und legte seine Waren aus. Doch niemand kaufte bei ihm ein. Es war seltsam. Ihm war, als wäre er für die Besucher des Marktes unsichtbar. Er ahnte, dass es wohl mit der verspäteten Ankunft auf dem Marktplatz zu tun haben musste. Reumütig packte er seine Waren ein, die er nun mit nach Hause nehmen musste. Nie wieder kam er am Katharinenmarkt zu spät.

Quellen

Edelgard Moers: Wie die Heilige Katharina Schutzpatronin von Dorsten wurde. In: Heimatkalender der Herrlichkeit Lembeck und Stadt Dorsten. Jahrgang 1093. Seite 107 ff.

Edelgard Moers: Wie die Heilige Katharina die Schutzpatronin für die Dorstener wurde. In: Neue Dorstener Geschichten. Dorsten 2002. Seite 78 ff.

Das Marienbild zu Neviges

Anna von Asbeck, die Witwe des Herrn von Hardenberg, ließ in der Zeit der Reformation am nördlichen Rand des Dorfes Neviges eine kleine Kirche erbauen, die der Heiligen Anna geweiht wurde. Sie lud mehrere Franziskaner Patres nach Neviges ein, die sich dort niederließen und die Seelsorge in der St.-Anna-Kirche übernahmen.

Immer wieder schaute Pater Antonius im Franziskanerkloster von Dorsten während seines täglichen Gebetes in seiner Zelle auf ein kleines unscheinbares Bild. Schon seit langer Zeit betete er am Abend nach dem Chorgesang davor. Das Bild zeigte die unbefleckte Heilige Maria.

Eines Abends, als er wieder einmal in seiner Zelle betete, hörte er eine Stimme mit der Aufforderung, dass er das Bild nach dem Hardenberg bringen soll, damit es dort verehrt werden kann. Auch am folgenden Abend sprach eine Stimme aus dem Bild. Sie begann mit dem gleichen Wortlaut. Doch dann ergänzte sie, dass binnen achtzehn Monaten ein großer Fürst tödlich erkranken und nicht genesen werde. Deshalb soll der Fürst ein Gelübde nach dem Hardenberg ablegen und ein Kloster bauen. Pater Antonius sollte den Patres in Neviges schreiben, dass sie sofort mit dem Bau anfangen sollen. Auch in der dritten Nacht sprach wieder die Stimme aus dem Bild. Sie weissagte auch noch eine wunderbare Krankenheilung.

Pater Antonius erzählte die Vorfälle seinem Vorgesetzten und die beiden berieten, wie zu verfahren sei. Da erkrankte der Fürstbischof von Paderborn. Der Pater aus dem Franziskanerkloster in Dorsten schickte sofort das Marienbild zu den Franziskanern in Neviges. Der schwerkranke Fürstbischof von Paderborn und Münster erfuhr davon. Sogleich reiste der Abt von Werden nach Neviges und eilte mit dem Wunderbild zum Fürstbischof nach Paderborn. Er teilte ihm die Verkündigung mit, segnete ihn und erhielt von ihm die Zusage, dass er das Kloster zu Hardenberg erbauen lassen wolle, sobald er wieder genesen sollte.

Bald darauf wurde der Fürstbischof tatsächlich wieder gesund. In Anwesenheit des bergischen Herzogs und des Abtes von Werden feierte er gleich darauf eine Pontifikalmesse in der St.-Anna-Kirche. Wie versprochen, baute er auf seine Kosten das Kloster Hardenberg, in dem fortan das redende Bild verehrt wird. Mit diesem aufsehenerregenden Ereignis war der Anfang der Marienwallfahrt gesetzt.

 **Quelle**

Franz Leibing: Das Marienbild zu Neviges. In: Franz Leibing: Sagen und Märchen des Bergischen Landes, Elberfeld 1868, Seite 46 ff.

Das Steinkreuz in Dorsten

An der alten Stadtmauer zwischen Westwall und Westgraben in westlicher Verlängerung der Patersgasse steht ein unscheinbares Steinkreuz. Es weist auf zwei ungewöhnliche Todesfälle hin und es stellt gleichzeitig ein Sühnekreuz dar.

Mittlerweile ist es stark verwittert und bis zu den Armen im Boden versunken. Was war damals passiert?

Die Leute erzählen, dass sich hier zwei junge Männer begegneten, die in ein junges Mädchen verliebt waren. Der eine erstach aus Eifersucht seinen Freund. Der andere konnte sich nicht wehren und würgte den einen, bis er auch verstarb. Ein Ratsherr fand schließlich die Leichen der beiden jungen Männer. Er ahnte sofort, dass es hier einen Streit um seine Tochter gegeben hatte.

Nach dem gewaltsamen Todesfall der beiden jungen Männer trafen sich die Familien der Opfer und Täter und verhandelten unter der Aufsicht eines Geistlichen über Sühnebeiträge. Denn die Versorgung der Angehörigen der Toten, die Stiftung von Seelenmessen, das Wachs für Kerzen und die Errichtung eines sichtbaren Sühnezeichens mussten geregelt werden.

Von beiden Toten wurde eine Hand abgetrennt, die als Beweisstück dem Gericht vorgewiesen werden mussten.

Später nach der Aussöhnung wurden die beiden Hände mit ins Grab gelegt.

 Quellen

Adelheid Kollmann. Das Feldkreuz. In: Adelheid Kollmann: Das Dorstener Feldkreuz. Sagen aus dem alten Vest und dem Kreis Recklinghausen. Recklinghausen 1994, Seite 186 ff.

Wilhelm Brockpähler: Das Feldkreuz in Dorsten. In: Steinkreuze in Westfalen, Münster 1983, Seite 28.

Die Hexenkatt

Vor langer Zeit gingen jeden Abend Nachtwächter durch die Stadt, die bei Sonnenuntergang die Laternen anzündeten und um Mitternacht wieder löschten.

Einer der Nachtwächter fiel häufig dadurch auf, dass er vor den Leuten schrecklich angab. Als er wieder einmal mit seinen Freunden zusammensaß, kamen sie auf Geister zu sprechen. Einer, der in der Lippestraße wohnte, berichtete, dass in seiner Straße von einer schwarzen Katze erzählt wurde, bei der es nicht mit rechten Dingen zuging und die deshalb Hexenkatt genannt wurde.

Der Nachtwächter verkündete, dass er bisher noch nicht davon gehörte hätte, aber er wollte, wenn er ihr begegnen würde, dem Hexenspuk mit seiner Hellebarde ein Ende bereiten. Um nicht als Angeber von den anderen verhöhnt zu werden, war er in den nächsten Nächten sehr oft auf der Lippestraße unterwegs, um nach dieser Katze Ausschau zu halten.

Eines Nachts war es dann soweit. Der Nachtwächter hatte gerade die zwölfte Stunde angesagt und bog in die Lippestraße ein, als plötzlich eine schwarze Katze vor ihm auftauchte. Das Tier hatte glühende Augen. Der Nachtwächter murmelte etwas vor sich hin und hieb mit dem Beil seiner Hellebarde auf die Katze ein. Er traf das Tier mit voller

Wucht und dachte stolz, dem Spuk endlich ein Ende gemacht zu haben, aber zu seinem Entsetzen wurde das Tier immer größer und größer und biss und zerkratzte sein Gesicht und den übrigen Körper.

Der Nachtwächter ließ vor Schreck die Waffe fallen und lief um sein Leben. Kaum war er von der Lippestraße auf dem Marktplatz angekommen, war die Katze wie vom Erdboden verschluckt.

Der Nachtwächter aber blutete von Kopf bis Fuß, als wäre er von einem wilden Tier angefallen worden. Als er nach mehreren Wochen wieder gesund geworden war, erkannten ihn seine Freunde kaum wieder. Sie hörten von ihm keine Angebereien mehr. Er hatte sich verändert und war stiller als sonst.

Seit der Zeit hat kein Bewohner die Hexenkatt mehr gesehen. Wo das Tier geblieben ist, und ob es jemals wieder zurückkommen wird, weiß niemand zu berichten.

Quellen

Joseph Kellner: Die Hexenkatt. In: Heimatkalender der Herrlichkeit Lembeck und Stadt Dorsten. Ausgabe 1968. Seite 104.

Peter Bertram: Die Hexenkatt von der Lippestraße. In: Dorstener Geschichten. Dorsten 2000, Seite 24–25.

Der Kampf um die Lippebrücke

Es gab einmal eine Zeit, da waren die Bewohner der Burg Lembeck für Handel, aber auch für Streitsucht bekannt. Es war die Zeit, als die Erbtochter Berta von Lembeck den Ritter von Westerholt geheiratet hatte, der nun Schlossherr war. Er wählte das Nesselblatt auf rotem Grund zu seinem Wappen, um Gegner abzuschrecken. Eines Tages behauptete er, dass die eine Hälfte der Lippebrücke zu seinem Gebiet gehören würde und richtete daraufhin am nördlichen Ufer eine Zollstation ein.

Die Stadt Dorsten befand sich zu der Zeit unter der Oberhoheit des Kölner Bischofs. Die Herrlichkeit Lembeck mit dem Schloss Lembeck gehörte aber zum Bistum Münster. Die Grenze dieser beiden Hoheitsbereiche war damals die Lippe.

Der Ritter von Westerholt versuchte zuerst auf dem Verhandlungswege, sein Ziel zu erreichen, denn er brauchte dringend Geld. Die Dorstener Kaufmannsgilde wies sein Ansinnen entrüstet zurück und war zu keinem Kompromiss bereit. Daraufhin wollte er seine Vorhaben gewaltsam umsetzen und schickte Soldaten an die Brücke, die Zoll für ihn eintreiben sollten.

Als die Dorstener Kaufmannschaft davon erfuhr, eilte sie geschlossen auf die Brücke, um die Soldaten von dort zu vertreiben, voran der Bürgermeister Heinrich Palen. Vermutlich hatte er den Kampfgeist der Soldaten unterschätzt und seine Autorität überschätzt. Die Lembecker nahmen ihn kurzer Hand als Rädelsführer gefangen, um dem gegnerischen Angriff die Spitze zu nehmen. Die tapferen Dorstener konnten schließlich die feindlichen Soldaten des Lembecker Schlossherrn vertreiben. Bürgermeister Palen konnten sie nicht befreien. Er musste für die Niederlage der Lembecker büßen.

Der Ritter von Westerholt musste bald darauf das Schloss an seinen Bruder verkaufen, weil er durch seine kriegerischen Aktionen zu viele Schulden gemacht hatte.

Zur Erinnerung an diese Begebenheit wurde in der Kirche St. Agatha ein Gedenkstein aufgestellt, auf dem der Bibelspruch „Die Gottlosen rufen: Ihr Berge bedeckt uns, ihr Hügel fallt über uns" zu lesen ist und die Enthauptung Johannes des Täufers zu sehen ist. Der Gedenkstein wurde von den Dorstener Bürgern gestiftet, um dem Tod ihres damaligen Bürgermeisters zu gedenken. Im unteren Bereich des Steins steht, dass der vornehme Heinrich Palen, Gildemeister der Kaufleute aus der Stadt Dorsten von dem Ritter von Westerholt, Herr zu Lembeck, unverschuldet gefangen genommen und von seinen gottlosen Soldaten jämmerlich geschlagen, gefoltert und schließlich getötet worden sei.

 **Quellen**

Josef Kellner: Der Kampf um die Lippebrücke. In: Josef Kellner: Unveröffentlichte Sammlung von Sagen aus Dorsten, 1965.

Peter Bertram: Der Kampf um die Lippebrücke. In: Edelgard Moers (Hrsg): Dorstener Geschichten. Dorsten 2000. Seite 36 ff

Die Lügenbrücke

Vor langer Zeit gab es in Dorsten eine Lügenbrücke. Es handelte sich um einen hölzernen Steg mit Geländern an den Seiten, der über den Rapphoffs Mühlenbach führte. Die Lügenbrücke lag im Osten der Stadt, wo damals noch die freie Natur vorherrschte. Überquerte sie ein Besucher, gelangte er in ein unheimliches Gelände, in ein Kiefernwäldchen, wo an der dunkelsten Stelle einige Grabstätten lagen. Die zugehörigen Grabsteine ragten schief und bemoost aus dem Waldboden auf und waren mit seltsamen Schriftzeichen versehen, die er nicht lesen, geschweige denn verstehen konnte. Unwillkürlich ließen sie an Zaubersprüche denken. In Wirklichkeit jedoch befand sich der Besucher im Bereich des jüdischen Friedhofs der Stadt, wo die Inschriften in hebräischer Sprache eingemeißelt waren. Für das Kiefernwäldchen war der jüdische Friedhof namengebend geworden, er hieß Judenbusch.

Nicht nur die Gräber, auch andere Indizien deuteten hier auf das Reich der Toten. Im Judenbusch sollte einmal ein Mord begangen sein. Zumindest wurde eine Leiche gefunden. Darüber hinaus befand sich in dem besagten Kiefernwäldchen vor langer Zeit der Galgen der Stadt. Die Ortsbezeichnung „Am Galgenhof" deutet noch heute darauf hin. Trotz der schaurigen Atmosphäre, die den Judenbusch umgab, gingen die Dorstener Eltern mit ihren Kindern dorthin. Die Eltern taten dies gern, die Kinder weniger. Das eigentliche Ziel des Familienausflugs war in den meisten Fällen die Lügenbrücke, der man nachsagte, dass sie beim Betreten durch einen Lügner zusammenbrechen würde. Der Vater oder die Mutter kündigten an, dass sich gleich zeigen würde, ob die Kinder ehrlich seien. Die Eltern waren aber meist fürsorglich genug, um ihren Nachwuchs auf dem Weg über den Steg an das andere Ufer zu begleiten. Niemals ist der Steg zusammengebrochen, selbst wenn verstockte kleine Sünder ihn überquerten. Die Eltern bemerkten erstaunt, dass die Kinder doch gute Schutzengel hatten.

Heute ist an die Stelle der Brücke aus Holz eine aus Beton getreten, die selbst der dickste Lügner nicht zu Fall bringen könnte. Die Sage von der Lügenbrücke ist mittlerweile fast völlig in Vergessenheit geraten. Fragt sich der Besucher, warum sie entstanden ist, muss er an die Richtstätte denken, die hier vor mehreren Jahrhunderten lag. Der Bach und vielleicht ein Steg mögen dazu gedient haben, Gottesurteile zu fällen und Geständnisse zu erpressen. Damals wären die Ergebnisse nicht so harmlos gewesen wie bei der späteren Lügenbrücke und den Dorstener Kindern, von denen hier nie eins zu Schaden gekommen ist.

 **Quelle**

Margret Fröhling: Die Lügenbrücke. In: Edelgard Moers (Hrsg): Neue Dorstener Geschichten. Dorsten 2002. Seite 75–76.

Die geheimnisvolle Quelle

Vor langen Zeiten siedelten sich Menschen an der Lippe an. Sie nahmen das Wasser, das sie zum Leben benötigten, aus dem Fluss. Doch mitunter war das Wasser durch Tiere verschmutzt und einzelne Bewohner wurden sogar krank, wenn sie davon tranken.

Da entdeckte eine Frau am Rand der Besiedlung eine Quelle. Sie wunderte sich, dass aus einer Öffnung immer wieder neues kristallklares Wasser quoll. Doch dann füllte sie einen Krug mit dem Wasser und brachte es ihrer kranken Tochter, die schon seit Tagen mit Fieber im Bett lag.

Dieses Wasser war nicht nur sauber, es hatte sogar heilende Wirkung. Denn als die Frau ihrem Kind am nächsten Tag wieder von dem Quellwasser brachte, leuchten seine Augen und das Fieber war verschwunden.

Die Frau holte von nun an nur noch das Wasser aus der geheimnisvollen Quelle.

Als die anderen Bewohner davon erfuhren, wollten alle von dem Quellwasser trinken. Viele Jahre lang erfreuten sich die Bewohner der Stadt bester Gesundheit.

Doch dem Teufel war diese wohltätige Quelle schon lange ein Dorn im Auge. Er wollte nicht mehr mit ansehen, wie glücklich und zufrieden die Menschen waren.

Eines Tages nahm er eine Schaufel, schüttete die Quelle mit viel Erde zu und legte noch schwere Steine oben drauf. Die Bewohner wussten nun nicht mehr, wie sie an das Wasser kommen sollten. Im Laufe der Zeit hatten sie die geheimnisvolle Quelle vergessen.

Doch viele Jahrhunderte später wunderten sich die Dorstener, dass die Keller mehrerer Gebäude am Wall immer wieder feucht wurden.

 **Quelle**

Edelgard Moers: Die geheimnisvolle Quelle. Unveröffentlichter Text. Dorsten 2022.

Die Bauern, die Bürger und das Schaf

Die Bürgerinnen und Bürger aus Dorsten und Kirchhellen pflegten schon zu Urzeiten eine gute Nachbarschaft.

Weil der Kölner Erzbischof und Kurfürst Gebhard Truchsess von Waldburg seine Geliebte heiraten wollte, sprach er sich vom Katholizismus los und trat zum Protestantismus über. Daraufhin wurde er aus seinem Erzstift vertrieben und zog sich mit seinen Truppen in das Vest Recklinghausen zurück.

Die Dorstener fürchteten ihn und seine rauen Söldner sehr und verschlossen konsequent ihre Stadttore. So hausten die Truppen in Kirchhellen und raubten dort den Bauern ihr Vieh und Getreide. Die Raubzüge nahmen so heftige Ausmaße an, dass die Bauern in dieser Not ihre Nachbarn in Dorsten um Hilfe baten. Deren Schützen eilten sofort mit ihren Waffen herbei und vertrieben erfolgreich die plündernden Horden.

Die Bauern zeigten ihre Dankbarkeit, indem sie sich verpflichteten, den Dorstenern alle sieben Jahre mindestens ein Schaf zu schenken. Dieses wurde dann gemeinsam verspeist.

Lange hielten die Bauern ihr Versprechen ein, doch mit der Zeit geriet diese Tradition in Vergessenheit. Als die

Dorstener wie gewohnt ihr Schaf einforderten, wurden sie von grimmigen Bauern mit Hacken, Schüppen, Gabeln und Forken in die Flucht getrieben. Über zwei Stunden dauerte die Verfolgungsjagd, bis sie schließlich im Dorf Gahlen ankamen. Dann traten sie endlich ihren Rückzug an.

Das ließen sich die Dorstener nicht gefallen. Sie zogen erbost vor Gericht und berichteten von dem Vorfall. Der Prozess des Dorstener Stadtrates dauerte mehrere Jahre. Der Richter verurteilte die Kirchhellener Bauern, sich an die Abmachung zu halten und alle sieben Jahre mindestens ein Schaf freiwillig zu übergeben. Sollte dies nicht geschehen, durften die Dorstener ihren Anspruch mit üblichen Mitteln durchsetzen. Ein Notar sollte die rechtmäßige Übergabe sicherstellen und protokollieren. Und das war auch gut so. Denn die Kirchhellener gaben wieder keins ab, gestanden aber die Verpflichtung ein.

Nach dieser Erfahrung holten die Dorstener das ihnen gesetzlich zustehende Tier nur noch bewaffnet ab. Das ging einige Jahrzehnte so weiter, bis sich die Kirchhellener Bauern ihrerseits über die Dorstener Raubüberfälle bei dem Herzog von Arenberg beschwerten. Der verbot ihnen das Schafholen. Von da an konnten die Tiere wieder ungestört auf Kirchhellener Wiesen weiden. Schließlich begruben die Kirchhellener und Dorstener ihre Schafsfehde und wurden wieder gute und friedfertige Nachbarn, die gemeinsam ihre Schützenfeste feierten.

Heute übergeben die Kirchhellener Schützen den Dorstenern Schützen alle sieben Jahre auf dem Markplatz friedfertig ein Schaf. Mit dieser Geste werden wieder die guten nachbarschaftlichen Beziehungen zwischen Kirchhellen und Dorsten bekundet.

In der Essener Straße erinnert ein bronzenes Denkmal an den Brauch des Schafholens, der einst aus Nachbarschaftshilfe entstanden ist.

 Quelle

Vereinte Volksbank eG (Hrsg): Auf gute Nachbarschaft. Recherche von Dr. Josef Ulfkotte und Peter Pawliczek, Seite 6–11, Dorsten und Kirchhellen, 2017.

Die Riesen an der Lippe

In alter Zeit gab es Riesen in dieser Gegend. Sie waren friedfertig und hatten keine Absicht, den Menschen, die viel kleiner waren als sie, etwas anzutun.

Zwei Riesen wohnten in Lembeck und einer in Kirchhellen. Der Riese aus Kirchhellen fühlte sich oft sehr einsam, weil die Menschen vor ihm Angst hatten und ihm deshalb aus dem Weg gingen.

Eines Tages verabredeten sich die Riesen aus Lembeck mit dem aus Kirchhellen. Damit der Weg für jeden etwa gleich lang war, wollten sie sich an der Lippe treffen. Dann würden sie beraten, wer auf die eine Seite und wer auf die andere Seite wechseln würde. Gesagt, getan.

Die beiden Riesen aus Lembeck waren pünktlich zum verabredeten Zeitpunkt am Ufer der Lippe. Doch von dem Riesen aus Kirchhellen war weit und breit nichts zu sehen. Die beiden liefen durch den Fluss und hielten auf der anderen Seite Ausschau nach ihm.

Dann endlich traf der Vermisste ein. Er freute sich, dass die beiden Riesen aus Lembeck auf ihn gewartet hatten und entschuldigte sich für seine Verspätung. Dann erzählte er ihnen, dass ihm Sand in die Schuhe gekommen sei, und dass er seine Füße deshalb nur langsam vorwärtsbewegen konnte. Daraufhin nahm er seine Holzklotschen in die Hände und schüttete sie aus.

Heute ist dieser Hügel immer noch zu erkennen. Die Dorstener nennen ihn Hardtberg. Doch so hoch wie heute war er zu der Zeit noch nicht. Erst als Dorsten im Krieg zerstört worden ist, haben die Bewohner den Schutt aus der Stadt geräumt und auf den Hardtberg geschaufelt, sodass er seine heutige Höhe bekommen hat.

 **Quellen**

Robert Komatzki: Die Hünen in Lembeck. In: Heimatkalender der Herrlichkeit Lembeck. Dorsten. Jahrgang 1926. Seite 79.

Bernhard Tinnefeld: Die Riesen von Rhade. In: Heimatkalender der Herrlichkeit Lembeck. Dorsten. Jahrgang 1931, Seite 8.

Die Eule vom Hardtberg

In Dorsten an der Lippe lebte einst eine Frau, die gar wunderlich anzusehen war. Den hageren Körper bedeckten mehrfach übereinander geschichtete Tücher, die Füße mit den gebogenen Zehen glichen Vogelkrallen. Am auffälligsten jedoch war der Anblick des Kopfes. Unter den an beiden Seiten zusammengeknoteten Haaren schauten große grüne Augen den Betrachter furchtlos an. Von den einen wurde die Frau als weise Eule, von anderen als Spökenkiekerin bezeichnet.

Man erzählte sich, dass so manch einer heimlich zu ihr gegangen ist, um zu erfahren, ob er in Gefahr sei. Andere wiederum hätten es gerne gesehen, wenn man die Frau eingesperrt oder gar ganz vernichtet hätte. Sie glaubten, ihre Spökenkiekereien würde die Menschen verhexen und zu Kreaturen machen, die ängstlich in die Zukunft schauten, unfähig, ihrer Arbeit zielstrebig nachzugehen.

Als die Eule nun gar einen Angriff auf die Stadt Dorsten voraussagte, waren sich einige Männer schnell einig. Diese Frau musste verschwinden. Diejenigen, deren Hass besonders groß war, weil ihre Geschäfte immer schlechter gingen, trafen sich, um zu besprechen, wie man vorgehen sollte. Sie bemerkten nicht, dass sie von einem kleinen

Mädchen belauscht wurden. Es kannte die Eule, rannte sofort zu ihr und warnte sie.

Schon bald machte sich die Truppe von Männern auf den Weg. Kurz vor dem Ziel schrie einer, dass Feuer zu sehen sei. Hin und her gerissen zwischen dem Wunsch, ihre eigene Habe zu retten und die Eule zerfleischen zu wollen, machten sich die Männer schließlich doch auf den Heimweg. Aber es war zu spät, ihre Häuser brannten bis auf die Grundmauern nieder. Sie schworen Rache. Als sie jedoch erneut zu der Hütte marschierten, trafen sie niemanden mehr an. Stattdessen hatte jemand die Figur einer Eule vor die Tür gestellt, umringt von toten Vögeln.

 **Quelle**

Brigitta Frieben. Die weise Eule. In: Edelgard Moers (Hrsg): Andere Dorstener Geschichten. Dorsten 2005. Seite 151

Die Burg im Barloer Busch

Sagen sind Überlieferungen der Vorzeit oder Erzählungen ohne geschichtliche Beglaubigungen. Lange Zeit war es durchaus üblich, die im Alten Testament sagenhaft überlieferten geschichtlichen Aussagen als reine Fantasie abzutun. Die Archäologen haben aber mittlerweile mit dem Spaten den geschichtlichen Wahrheitsbeweis für viele Sagen angetreten.

Seit dieser Erkenntnis hören und sehen wir unsere heimischen Sagen mit anderen, wacheren Ohren und Augen, wobei der verlässliche Aussagewert dieser Überlieferungen tatsächlich schon oft bei der Auffindung von Bodendenkmälern geholfen hat. Meistens ist der historische Kern zwar verschleiert, aber in den meisten Sagen kann ein Ursprung zu Grunde gelegt werden. So ist es auch mit der Sage von der Burg im Barloer Busch.

Vor langer langer Zeit stand im Barloer Busch eine Burg. Sie war rundherum von Gräften umgeben und lag auf einem Erdhügel. Der Wiesengrund im Barloer Feld reichte bis an den Barloer Bach. Die fruchtbaren Weiden und Äcker waren ideal für den Herrensitz der Herren von Solms.

Die Herren von Solms wurden angesehene Bürger in Dorsten. Einer von ihnen wurde sogar zum Bürgermeister gewählt. Deshalb verließ die ganze Familie die Burg und bewohnte nun ein Haus in der Stadt.

Doch der Nachfolger auf der Burg im Barloer Busch war, wie viele Adelige, vom Jagdfieber besessen. Packte es ihn, nahm er keine Rücksicht auf Sonntag oder Feiertag. Dann hielt ihn nichts mehr in dem Gemäuer. Er scharte nur Menschen um sich, die die gleiche Freude an der Jagd hatten. Die Menschen, die in Demut lebten und regelmäßig zur Kirche gingen, verachtete er.

An einem Sonntagvormittag ließ er wieder einmal die Pferde satteln. Die Jagdhörner erschallten, und die Gesellschaft ritt los, ohne den sonntäglichen Gottesdienst zu besuchen. Als die Gruppe gegen Abend mit reicher Beute zurückkehrte, fuhr ein Blitz vom Himmel nieder, der die Erde erschütterte. Der Boden schwankte unter dieser Wucht. Das ganze Schloss, samt Bewohner, versank in der Tiefe.

Jeder Spaziergänger, der heute über die Stelle läuft, kann den Spuren der Vergangenheit nachspüren. Er muss genau hinhören.

 **Quelle**

Rolf Schulte: Das untergegangene Schloss am Barloer Busch. In : Heimatkalender der Herrlichkeit Lembeck. Jahrgang 1966. Seite 69 ff.

Karin Erkens: Die Burg im Barloer Wald. In: Edelgard Moers (Hrsg): Dorstener Geschichten. Dorsten 2000, Seite 74–75.

Der Meilenstein am Freudenberg

Jeder Dorstener wird den Freudenberg kennen, die Kreuzung der beiden Bundesstraßen B 58 und B 224. Die wenigsten werden aber den Meilenstein entdeckt haben, der gegenüber dem Forsthaus auf der anderen Straßenseite steht. Die rasch vorüber sausenden Autofahrer werden ihn leicht übersehen, aber dem Fußgänger muss der hohe pyramidenförmige graue Stein ins Auge fallen. Ein Meilenstein, wie ihn unsere Zeit nicht mehr kennt. Aber aus welcher Zeit stammt dieser Stein und welche Bedeutung hatte er?

Die Frage ist schnell zu beantworten. Als Napoleon seinen Weg nach Osten plante, um seine Soldaten gegen Russland zu führen, baute er gradlinig eine Heerstraße von Kirchturm zu Kirchturm, vom Rhein quer durch das Münsterland, die Vorläuferstraße der heutigen B 58. Genau am Freudenberg ist die Wegmitte zwischen Paris und Berlin: 500 km von Paris, 500 km bis Berlin. Der eindrucksvolle Meilenstein kennzeichnet diesen Punkt und erzählt uns von dem Feldzug des französischen Kaisers Napoleon gen Russland und der unrühmlichen Rückkehr mit den wenigen überlebenden und abgekämpften Soldaten und der verheerenden Niederlage seiner Armee im russischen Winter.

Nicht weit von dem Meilenstein, im jetzigen Kreuzungsbereich der Autobahn A 31 liegt der Zigeunerbrunnen. Hier soll Napoleon seine Pferde getränkt haben. Damit dieser historische Brunnen auch für spätere Generationen erhalten bleibt, hat man ihn mit einer Betonplatte abgedeckt und gesichert.

 **Quelle**

Ludwig und Gertrudis Tüshaus: Der Meilenstein am Freudenberg. In: Edelgard Moers (Hrsg): Dorstener Geschichten, Dorsten 2000, Seite 23.

Die wilde Jutta von Hagenbeck

Vor langer Zeit lebte auf der Burg Hagenbeck in Holsterhausen ein Ritter und seine zwei Töchter. Woltera, die ältere Tochter, war sanft und häuslich. Jutta, die jüngere, war klug, aber sehr wild und ungeduldig. Der Ritter von Hagenbeck liebte aber beide Töchter gleichermaßen. Er ließ Jutta gewähren, denn sie hatte ein gutes Herz. Jeden Bettler, den die junge Frau sah, beschenkte sie mit dem, was sie gerade bei sich hatte.

Während nun die Erstgeborene brav in ihrem Turmzimmer saß und fleißig am Spinnrad Fäden spann und Leinen für ihre Aussteuer webte, ritt Jutta durch die dichten Wälder, manchmal sogar bis zu den entfernten Heidelandschaften. Bei einem dieser Ausritte begegnete sie einem Räuber, der sie überfallen und ausrauben wollte. Doch Jutta war flink, setzte sich zur Wehr und überwältigte ihn schließlich. Ihr behagte es gar nicht, dass sie von diesem Mann beraubt und gefangen genommen werden sollte. Doch sie hatte Mitleid mit diesem zerlumpten Geschöpf und sie bat ihn, von sich zu erzählen.

Der Räuber berichtete von dem Leben im Wald, vom Hunger, von Überfällen auf Postkutschen gemeinsam mit anderen und von der Beute, dem Schmuck und den Goldstücken. Jutta hörte interessiert zu und wurde neugierig auf die Räuberbande. Schließlich sagte sie ihrem Gefangenen, dass sie ihn nur laufen lasse, wenn er sie mit in sein Versteck zu den anderen nähme. Dem Räuber blieb gar keine andere Wahl, und er versuchte auch nicht vor der tapferen jungen Frau zu fliehen. Also nahm er sie mit.

Nach einiger Zeit erreichten Jutta und der Räuber das Quartier der Bande. Jutta ließ sich von dem rüpelhaften Auftreten der anderen Männer gar nicht beeindrucken. Sie war sehr redegewandt, und sie überzeugte die Räuber schon nach kurzer Zeit von ihrer Klugheit, bald auch von ihrer Reitkunst, sodass sie sie in ihre Pläne einweihten und mit zu den nächsten Überfällen nahmen.

Doch Jutta hatte einen anderen Plan als die Männer. Denn in der Gegend lebten einige Bauern, die kaum das Nötigste zum Leben hatten. Jutta wollte einen Teil der Beute an die armen Familien verteilen. Die Räuber waren zunächst irritiert, aber dann verstanden sie Juttas Plan. Den reichen Menschen wollte sie ihre Schätze abnehmen und den armen Menschen damit helfen. Das war es. Ihr Handeln hatte endlich einen Sinn.

Eines Tages hörte Jutta, dass ihre Schwester den Ritter Wennemar von Heyden geheiratet hatte, der sich für mehr Gerechtigkeit im Lande einsetzte und der nun auf der Burg regierte.

Die junge Frau machte sich gemeinsam mit den Räubern auf den Weg zu ihrem elterlichen Anwesen. Es war ein überwältigendes Bild für die Bewohner, als Jutta hoch zu Ross mit den wilden Männern im Gefolge ankam. Sofort erklärte sie Wennemar von Heyden, ihn in seiner Mission für mehr Gerechtigkeit zu unterstützen. Gemeinsam wollten sie in Zukunft darauf achten, dass die Bauern und Handwerker des Dorfes nicht mehr in Armut leben müssen und dass sie sogar eine eigene Kirche bekommen sollen, die dem Heiligen Antonius geweiht werden sollte. Die ehemaligen Räuber bekamen wichtige Ämter, um diese Aufgabe zu sichern, die sie auch voller Verantwortung ausübten.

 **Quellen**

Josef Kellner: Die wilde Jutta von Hagenbeck. In: Josef Kellner: unveröffentlichte Sammlung von Sagen aus Dorsten, 1965.

Brigitta Frieben: Jutta von Hagenbecks Vermächtnis. In: Edelgard Moers (Hrsg): Dorstener Geschichten. Dorsten 2000, Seite 35.

Der Ritter von der Horst

In der Nähe des Hofes Tüshaus in Deuten liegt hinter den Buchen nahe am Hammbach ein hügeliges Land umgeben vom Sumpf. Man erzählt sich, dort habe die Burg des bösen Ritters von der Horst gestanden. Sie sei eine mächtige Festung gewesen, ganz von Wasser umgeben. Die Türme sollen die Bäume noch überragt haben. Der Ritter erschreckte die Menschen mit seinen bösen Taten. Den Bauern stahl er das Vieh von den Weiden. Er überfiel und beraubte sie, wenn sie nach Dorsten zum Markt fuhren. Wenn sie davon etwas mitbekamen und sich wehrten, schlug er sie mit seiner Peitsche, die er immer bei sich trug, wenn er mit seinem wilden schwarzen Hengst durch Felder und Wälder jagte.

Weil die Bauern auch beim Grafen von Lembeck keine Hilfe fanden, nahmen sie sich vor, selbst etwas gegen den bösen Ritter zu unternehmen. Gemeinsam überlegten sie sich eine List und kamen zu dem Schluss, den Raubritter aushungern zu lassen. Sie belagerten seine Burg und verschlossen von außen die Eingänge. Aber der Ritter war nicht nur böse, er war auch schlau. Er machte ihnen hin und wieder vor, dass er noch reichlich zu essen hätte. So feierte er mehrmals ein Schlachtfest. Sein letztes abgemagertes Schwein, das er noch hatte, brachte er zum Quieken.

Schöne heiße Würste hob er mit einer langen Stange über die Burgmauer. Dass diese mit heißem Sand gestopft waren, merkten die Bauern nicht und zogen schließlich ab. Seinem Pferd schlug er die Hufeisen falsch herum an, so dass er die Menschen auf eine falsche Fährte brachte.

Was die Bauern auch unternahmen, der Raubritter hauste weiter auf seiner Burg und bedrängte die Menschen, die in der Nähe gewohnt haben. Sie kamen erst zur Ruhe, als er in hohem Alter starb.

In einer alten Urkunde wird erwähnt, dass es einen Ritter von der Horst gegeben haben soll. Das Sumpfgelände mit seinen Erdwällen heißt noch heute Horstdyk.

 ## Quellen

Joseph Kellner: Der Ritter von der Horst. In: Heimatkalender der Herrlichkeit Lembeck. Ausgabe 1927. Seite 42.

Ludwig und Gertrudis Tüshaus: Der Raubritter von der Horst. In: Edelgard Moers (Hrsg): Dorstener Geschichten. Dorsten 2000, Seite 27–28.

Ludwig und Gertrudis Tüshaus: Der Raubritter von der Horst. In: Edelgard Moers: Lesestrategien fördern – Band 1 – Ein systematisches Training zu verschiedenen Textsorten in der Grundschule – Erzähltexte. Donauwörth 2007.

Unschuldig im Schlossverlies

Früher war ein großer Teil von Dorsten Heideland. Die oft darüber schwebenden Nebelschwaden und die verschiedenen Geräusche regten viele Fantasien an und brachten so manchem Reisenden das Gruseln bei. Aber auch die Wälder waren für die Besucher unheimlich. Überall sahen sie Gespenster und hörten ihre seltsamen Rufe.

Man kann ja über Spukgeschichten denken, wie man will. Es ist jedermanns Sache, ihnen Glauben zu schenken oder an deren Wahrheit zu zweifeln.

Schauplatz ist der Wald hinter dem Schloss, der die Menschen oftmals in furchtbare Schrecken versetzt hat.

Dort lebte eine Mutter mit ihrer Tochter. Das Mädchen arbeitete im Pastorat, um etwas Geld zu verdienen. Eines Tages wurde es beschuldigt, im Lembecker Pastorat einen kostbaren Ring entwendet zu haben. Das Mädchen wurde dem Grafen vorgeführt, wegen Diebstahls verurteilt und in den Schlosskeller eingesperrt.

Die Mutter starb vor Kummer. Ihre Seele fand keine Ruhe. Seit dieser Zeit spukte sie im Wald herum und rief verzweifelt nach ihrer Tochter.

Bei einem Unwetter fiel neben der Kirche ein großer Baum um. In seiner Krone fanden die Dorfbewohner in einem Elsternest das vermisste Schmuckstück.

Das Mädchen wurde nach vielen Jahren, die es unschuldig im Verlies gesessen hatte, endlich frei gelassen. Doch als es zu Hause ankam, fand es ihre Mutter nicht mehr, aber es vernahm das Jammern, das ihr fast das Herz brach. Das Mädchen versuchte immer wieder, die Mutter zu beruhigen. Doch es gelang ihr nicht.

Wer heute in die Nähe des Hauses kommt, hört immer noch die Stimmen, die durch Mark und Bein gehen.

 **Quelle**

Dietmar Sauermann: Fluch über Schloss Lembeck. In: Dietmar Sauermann, Sabine Greilich: Sagenhafte Stätten, Ein Begleiter durch die Sagenwelt Westfalens, Münster 1993, Seite 50.

Der Spuk am Hagen

In Deuten gibt es viele Spukgeschichten. So wird auch eine von dem Schlossgeist immer wieder gern erzählt.

Eines Abends kam ein Bauer nach Feierabend ins Haus und traf eine Verwandte aus der Wenge, die seine Frau besucht hatte. Er wunderte sich, dass sie gegen alle Gewohnheit so spät zu Besuch gekommen war. Sie musste am Abend auch noch weiter, denn am nächsten Morgen begannen in der Kirche in Gemen die Exerzitien. Da wollte sie mitmachen, denn da hatte sie Gelegenheit, im Gebet vertieft über ihr Leben, den Tod und ihren Glauben nachzudenken und ihr Handeln als Christin zu überdenken und zu bekräftigen. Aber sie musste noch eine Freundin abholen, die auch mitwollte. Sie hatte gehofft, dass der Bauer sie durch den Hagen begleiten würde, weil ihr doch ein wenig mulmig zu Mute war, sie aber nicht früher von Haus weggehen konnte.

Nach dem Abendessen steckte der Bauer die Sturmlaterne an. Dann machten sich die beiden auf den Weg. Sie liefen von Brosthausen aus durchs Lasthauser Feld an den Hagen. Es war gut, dass der Bauer die Laterne dabei hatte, denn es war dunkel zwischen den Büschen und so konnten sie den Weg einigermaßen finden. Dann kamen sie durch den Hagen. Eine Zeit lang waren die beiden still. Keiner sagt etwas. Sie hörten zuerst nur ihre eigenen Tritte, dann auf einmal ein Blöken. Es war leise und lang gezogen, wie von einem Kalb. Der Bauer glaubte, dass ein Fuchs hinter einem kranken Reh her rennt. Aber dann kam das Geräusch immer näher und näher. Aus dem Blöken wurde ein lautes Bölken und verstärkte sich schließlich zum Brüllen. Es war ganz nah zu hören. Es brauste und tobte über den beiden in der Luft, als wenn Feuer in einer alten Scheune Sturm bekommt. Es knatterte und ratterte. Irgendetwas sauste im Kreise über ihren Köpfen. Und dazwischen war das markerschütternde Schreien wie von einem Kalb zu hören. Die beiden hatten das Gefühl, dass alle Höllengeister unterwegs sind.

Und wie er gekommen war, so wich der Spuk zurück, den Hagen hinauf, abschwellend und immer leiser werdend, bis er im Echo des Waldes ganz verhallte. Die beiden fragten sich, was sie machen sollten. Aber sie wollten sich nicht nachsagen lassen, dass sie vor einem Spuk weglaufen würden. Der Bauer nahm seine Verwandte an die Hand und ging mit ihr weiter vorwärts. Doch da wiederholte sich der Schrecken noch einmal. Die beiden wollten sich nicht beirren lassen und gingen weiter. Doch als sie an dem Busch zum Haus der Freundin einbiegen wollten, hörten sie das alles noch einmal. In Schweiß gebadet und bleich im Gesicht traten sie in die Stube.

Die Freundin erkannte sofort, dass es dem Bauern und seiner Verwandten nicht gut ging, und sie fragte, ob sie das Kalb angebrüllt hätte. Dann erklärte sie, dass es vermutlich der unruhige Schlossgeist sei, der im Bruchwald leben muss und nicht wieder in den Hagen und auf das Schloss darf. Weil er den Weg nicht überqueren dürfe, würde er laut herumbrüllen und manchmal den Zaun hinauf und hinunter poltern. Die Menschen, die gerade des Weges kommen, würde er durch den Lärm in Angst und Schrecken versetzen.

Obwohl der Tisch bei der Freundin gedeckt war, konnten die beiden Besucher nichts essen. Der Bauer musste gleich wieder nach Hause zurück, denn seine Frau und seine Kinder hätten sich sonst um ihn gesorgt. Er nahm allen Mut zusammen und machte sich gleich auf den Weg. Aber er sagte sich, dass er danach nie wieder am Abend diesen Weg entlang gehen würde. Es war zu schrecklich am Hagen.

 **Quelle**

Joseph Kellner: Spuk am Hagen. In: Heimatkalender der Herrlichkeit Lembeck und Stadt Dorsten. Jahrgang 1930. Seite 111.

Ludwig und Gertrudis Tüshaus: Ein Schlossgeist in Deuten. In: Edelgard Moers (Hrsg): Dorstener Geschichten. Dorsten 2000. Seiten 29.

Hugo Hölker: Der Spuk am Hagen. In: Edelgard Moers (Hrsg): Dorstener Geschichten. Dorsten 2000. Seite 54–56.

Der Verbannte im Runebrauk

Wenn du von Deuten aus durch den Hagen nach Rhade wanderst, so begleitet dich linker Hand eine Talsenke, in der die Bauerschaft Endeln liegt. Dunkle Tannen umrunden die Mulde, die an mehreren Stellen frühere Moore aufweist. Dunkel und düster ist das Bruch, unheimlich für jeden, auch für den mutigsten Mann. Dort kann er dem Unhold aus dem Runebrauk begegnen, der aus dem Schloss verbannt worden ist.

In einer mondhellen Nacht lief einmal ein Mann von Deuten nach Rhade. Obwohl es zu so später Stunde war, war die Gegend deutlich zu erkennen, und der Weg war leicht zu finden. Still und friedlich und ein Liedchen pfeifend lief der Mann den schmalen Weg nach Hause. Aus der Ferne sah er schon die erleuchteten Fenster seines Hauses. Doch da entdeckte er auch einen Schatten hinter sich, der immer näher kam. Der Schatten wurde immer größer, als wäre er von einem Hund. Der Mann war irritiert, aber er ließ es sich nicht anmerken. Er lief genauso weiter, nicht langsamer und auch nicht schneller.

Der Schatten war nun direkt neben ihm. Der Mann hatte normalerweise keine Angst. Aber als er den Blick auf das Tier richtete, lief ihm ein Schauer über den Rücken. Er sah ein zotteliges Ungeheuer, von dem sein Vater schon einige

Male erzählt hatte, als er noch ein kleiner Junge war. Die buschigen Haare hingen bis zum Boden herunter. Am Kopf blitzte unter den verklebten Haaren ein tellergroßes feuriges Auge, das ihn begierig und lüsternd anstierte.

Der Mann glaubte, dass sein letztes Stündlein geschlagen hätte. Er wollte schneller laufen, doch seine Beine versagten. Der Angstschweiß breitete sich über seinem ganzen Körper aus. So schleppte er sich weiter mit seinem unheimlichen Begleiter an der Seite.

Als er wenige Meter vor seinem Haus ankam, blieb das Ungetüm zurück. Er fühlte sich befreit und öffnete schnell die Tür. Nachdem er sein Gewehr geschnappt hatte und wieder nach draußen lief, war der ganze Spuk verschwunden.

Das kann nur der unselige Schlossgeist gewesen sein, so dachte der Mann. Als er seiner Familie davon berichtete, bestätigte sie ihm seine Vermutung. Denn sie kannte die Geschichte. In früheren Zeiten lief der Schlossgeist jede Nacht umher, schnüffelte laut an den Türen und ließ die Bewohner nicht zur Ruhe kommen. Dann hatte ihn ein Pater in das Runebrauk verbannt, wo er auch heute noch als einäugiger und ruheloser Hund leben und herumziehen muss. Er kann nur dann befreit werden, wenn jemand seine Schuld kennt und benennt.

 **Quelle**

Joseph Kellner: Der Verbannte im Runebrauk. In: Heimatkalender der Herrlichkeit Lembeck. Jahrgang 1930. Seite 96–97.

Das versunkene Kapellchen

Der Hammbach durchschlängelt in Deuten ein ausgedehntes Gebiet saftiger, grüner Weiden. Im Frühling sieht man die Landwirte bei der Heuernte, später grasen Rinder neben dem hurtig dahin plätschernden Wasserlauf. Einen dieser Wiesengründe kennen die Deutener und erzählen sich, dass dort ein kleines Kapellchen versunken sei. So nennen sie die Wiese. Und ein betagter, alteingesessener Bauer weiß zu berichten, dass, wenn man sich dort ins grüne Gras legt und das Ohr fest gegen den Boden drückt, man den hellen Klang eines Glöckchens aus der Tiefe ganz deutlich vernehmen kann.

Was hat es mit dem Glöckchen und dem seltsamen Flurnamen auf sich? Der Leser wird sich schon denken können, dass eine alte Geschichte dahinter steckt wie so oft, wenn etwas nicht mit rechten Dingen zugeht. Überlieferung und Fantasie haben im Laufe der Zeit eine sagenhafte Geschichte entstehen lassen, die einige Jahrhunderte zurückliegt und für die es sich lohnt, sie festzuhalten und aufzuschreiben.

Da gab es in Deuten einen recht frommen Mann. Die Kirche in Wulfen war zu weit entfernt für sein tägliches Gebet. So begab er sich in die freie Natur, um ungestört mit Gott sprechen zu können. Einmal saß er dabei in einer Lichtung auf einem umgestürzten Baumstamm in der Nähe des

Hammbachs. Er hörte das gleichmäßige Plätschern des Gewässers, und ihm gelang an dieser Stelle ein besonders inniges Gebet. Er fühlte sich Gott ganz nahe. Da nahm er sich vor, seine täglichen Gebete genau an diesem Orte zu verrichten. Er kennzeichnete den Platz mit einem dicken Stein. Um ganz sicher zu gehen, die genaue Stelle wiederzufinden, legte er im Laufe der Zeit dem ersten Stein weitere hinzu, sodass für ihn eine regelrechte Gebetsstätte entstand. Und wie sich im Leben oft eins aus dem anderen ergibt, wuchs langsam in unserem frommen Beter der Wunsch, ein richtiges kleines Gotteshaus aus vielen Steinen hier aufzubauen. Er setzte seinen Traum in die Wirklichkeit um. Es ging nicht von heute auf morgen, sondern es dauerte schon eine kleine Weile, bis er ein einfaches Mauerwerk aufgerichtet hatte, es mit Holz und Grasplaggen deckte und schließlich zu seiner Freude auch noch ein ihm geschenktes Glöckchen in einem aufgesetzten Holztürmchen aufhängen konnte.

Die Jahre vergingen, er betete und träumte, und dabei festigte sich in ihm der Gedanke, sein Leben mit einem Pilgergang nach Rom zu krönen. Auch diesmal machte er seinen Traum wahr und begann seinen Weg nach Rom.

Er war noch nicht lange fort, als Schmuggler zwischen den Niederlanden und Deutschland, die damals diese Gegend unsicher machten, das leerstehende Kapellchen in dem einsamen Waldgebiet in der Nähe von Deuten entdeckten. Sie waren begeistert von dem großartigen Versteck, in dem sie nun ihre Schmugglerware aufbewahren konnten. Bald war das kleine Gotteshaus Treffpunkt dunkler Gestalten. Sein Erbauer und Besitzer war weit weg.

Nach einem mühevollen und langen Weg, immer noch das hohe Ziel vor Augen, erreichte der Einsiedler endlich Rom. Erschöpfung und Freude ließen den frommen Mann in einen tiefen, traumlosen Schlaf fallen, aus dem er nicht mehr erwachte. Andere Pilger fanden ihn tot auf den Stufen der Peterskirche.

In Deuten aber wollten die Schmuggler zu der gleichen Zeit Waren aus ihrem Versteck holen. Doch sie fanden das Kirchlein nicht. Zuerst glaubten sie, sie könnten am falschen Ort sein. Ihre Suche nach dem Häuschen blieb jedoch ergebnislos. Man erzählt sich, das Kapellchen am Hammbach sei in dem Augenblick im Erdboden versunken, als der fromme Einsiedler und Pilger seine Augen für immer geschlossen hatte.

 **Quelle**

Gertrudis und Ludwig Tüshaus: Das versunkene Kapellchen. In: Edelgard Moers (Hrsg): Neue Dorstener Geschichten. Dorsten 2002. Seite 129 ff.

Die Zwerge in Deuten

In Deuten lebte unter der Erde in verzweigten Höhlen eine große Zwergenfamilie. Es waren friedliebende Wesen und nahmen oft den Bauern Arbeit ab, wenn sie sahen, dass diese Hilfe brauchten. Die Bauern waren den kleinen Wesen sehr dankbar für ihre Unterstützung und schätzten sie sehr.

So gingen die Jahre ins Land. Das Leben der Bauern und der Zwerge war sehr harmonisch.

Eines Tages legten die Zwerge wieder einmal ihre kleinen gewebten Leinentücher auf die Wiese zum Bleichen. Sie wollten Kleidung und Bettzeug daraus herstellen.

Ein Bauernsohn aus einer anderen Bauerschaft machte sich einen Spaß daraus und sammelte heimlich, wenn niemand in der Nähe war, die Tücher ein. Die Zwerge fragten die Bauern, ob sie gesehen hätten, wer die Stoffe an sich genommen hätte. Doch die Bauern hatten nicht aufgepasst und wussten nichts zu berichten.

Die Zwerge waren traurig, weil sie sich so viel Arbeit mit dem Weben gemacht hatten und nun keine Stoffe hatten. Aber sie gingen wieder eifrig ans Werk und stellten neue Tücher her.

Wieder legten die kleinen Wesen die Stoffe zum Bleichen auf die Wiese. Auch diesmal machte sich der Fremde einen

Spaß und sammelte heimlich die Tücher ein. Die Zwerge fragten wiederum die Bauern, ob sie gesehen hätten, wer die Stoffe an sich genommen hätte. Doch die Bauern waren nur mit ihrer Arbeit beschäftigt gewesen und hatten wieder nicht aufgepasst.

Am nächsten Tag waren die Zwerge verschwunden. Sie ließen sich an anderer Stelle nieder und errichteten sich in verzweigten Höhlen unter der Erde eine neue Wohnung.

Die Deutener Bauern waren sehr traurig über den Abzug der Zwerge. Sie machten sich große Vorwürfe, nicht besser auf die kleinen hilfsbereiten Wesen und ihre Stoffe geachtet zu haben, die ihnen so sehr die Arbeit erleichtert hatten.

 **Quelle**

Edelgard Moers: Der Abschied der Zwerge in Deuten. Unveröffentlichter Text. Dorsten 2022.

Das Deutener Moor

Am Rande der Bauerschaft Deuten gab es in frühen Zeiten einen kleinen See. Er hatte kristallklares Wasser und glitzerte silbern und golden. Über dem See leuchtete es geheimnisvoll. In den frühen Morgenstunden, wenn die Sonne gerade aufging, tanzten zarte Elfen über dem Wasser und nahmen ein morgendliches Bad. Der Anblick war bezaubernd, blieb aber den Menschen verborgen.

Denn die Bauern in der Umgebung waren in den frühen Morgenstunden schon auf den Feldern und mussten hart arbeiten. Sie nahmen nur von weitem das geheimnisvolle Leuchten wahr und respektierten das Geschehen auf dem See. In ihren Erzählungen am Abend aber ging die Fantasie mit ihnen durch. Sie malten betörende Tänze der Elfen in den schönsten Farben aus. So ging es viele Jahre.

Eines Morgens im Sommer waren die Bauern auf den Feldern schon kurz vor Sonnenaufgang mit der Ernte beschäftigt. Ein junger Bauernsohn hatte schon oft von den Erzählungen am Abend gehört. Seine Neugier war bis auf das Äußerste geweckt worden.

Vorsichtig entfernte er sich von der Erntearbeit auf dem Feld und schlich zu der Stelle. Von weitem sah er schon den geheimnisvollen Schimmer über dem See. Bald sah er auch das Wasser, das silbern und golden glitzerte. Er legte sich ins Gras und schaute sich das Schauspiel an. Die Elfen tanzten auf und ab und nahmen mehrmals ein Bad. Das Glitzern wurde immer heller und feuriger. Der Bauernsohn riss die Augen auf und konnte sich nicht sattsehen. Er war von der Schönheit der Elfen wie geblendet. Auf einmal war es um ihn herum dunkel. Er konnte nichts mehr sehen. Auf allen Vieren bewegte er sich vorwärts. Immer wieder rief er um Hilfe. So irrte er über die Felder und durch die Wälder.

Endlich, nach drei Tagen, entdeckte ihn ein Bauer und half ihm, nach Hause zu gelangen. Als er gefragt wurde, was geschehen sei, da konnte er keine Auskunft geben. Das Erlebnis war aus seinem Gedächtnis gelöscht worden.

Die Bewohner von Deuten stellten einige Zeit später fest, dass das geheimnisvolle Leuchten über dem See nicht mehr zu sehen war. Daraufhin näherten sie sich der Stelle. Doch statt des Sees mit dem kristallklaren Wasser und den tanzenden Elfen entdeckten sie ein dunkles Moor, über dem zahlreiche Insekten schwebten, umrahmt von unzähligen Erlen.

 **Quelle**

Edelgard Moers: Das Deutener Moor. Unveröffentlichter Text. Dorsten 2022.

Der Spökenkieker von Deuten

In Deuten lebte vor langer Zeit ein Spökenkieker, das ist ein Mensch, der in die Zukunft schauen kann. Damals war Deuten noch kein Stadtteil von Dorsten wie heute und noch nicht so stark besiedelt, sondern eine Bauerschaft, in der fünf Bauern mit ihren Familien lebten.

Deuten hatte überwiegend unfruchtbaren Heideboden. Aber es gab auch einige Wiesen und Wälder und den Hammbach, der viel breiter war als heute, sodass die Bauern durch den Ackerbau und die Tierhaltung fleißig für die Nahrung sorgten.

Als der Spökenkieker einmal auf einer Weidefläche stand, auf der Schafe gehalten wurden, verharrte er ganz plötzlich. Er schien etwas zu hören und riss seine Augen auf. Anschließend verkündete er den dortigen Bewohnern, dass genau an dieser Stelle einmal die Glocken läuten und viele kleine Wesen herumlaufen würden.

Heute sind an der Stelle die Kirche, die Schule und der Kindergarten.

Der Spökenkieker machte regelrechte Weissagungen. Er erklärte, dass eines Tages das Dorf Deuten schnurgerade geteilt wird.

Er sollte recht behalten, denn heute führt die B 58 mitten durch den Ort und hat zwei Hälften gebildet.

Der Spökenkieker konnte auch schon erahnen, dass ein Ungetüm mit großen leuchtenden Augen und qualmenden Nüstern quer durch den Ort kommen wird.

Heute wissen wir, dass er die Eisenbahn mit ihren großen Lampen vorne an der Lokomotive und dem Dampf aus dem Schornstein gemeint hat. Die Bauern drängten die Verantwortlichen der Eisenbahn, in Deuten einen eigenen Bahnhof zu bauen. Sie wollten ihre Waren nicht mehr in langen Fußmärschen zum Markt schleppen, sondern wollten bequem mit dem Zug dorthin gelangen.

Welche Vorstellungen hat der Spökenkieker wohl gehabt, als er den Menschen geweissagt hat? Was würde er erzählen, wenn er heute durch Deuten gehen könnte?

 **Quelle**

Gertrudis Tüshaus: Spökenkieker. In: Heimatverein Deuten e.V. (Hrsg): Deuten – Eine Zeitreise in Bild und Wort. 1111 Jahre Deuten. Werbeagentur Annegret Tüshaus, Deuten 2001. Seite 32.

Der Einsiedler Brotmann

Vor vielen Jahren lebte in der einsamen Heide ein junger, aber vom Schicksal gezeichneter Mann. Nur ganz selten wurde er gesehen. Er wurde zum Heidespuk. Im Winter erschien er auf den Höfen in Deuten, Brosthausen, Sölten und Emmelkamp und verkaufte Besen aus Birkenreiser und Heidekraut und verlangte dafür Brot, sodass man ihm allgemein den Namen Brotmann gab. Er flickte am Tage das Lederzeug auf den Höfen und streute nachts Mist auf die Felder, schlief vereinzelt im Stroh beim Vieh, ging aber gewöhnlich in der Dämmerstunde fort. Wohin er lief, wo er wohnte, wie er lebte und wer er war, das wusste keiner.

Einmal überraschte ihn der Förster und fand die Höhle des Brotmannes. Sie befand sich in dem Sandsteinbereich in der Nähe des Freudenberges. In der Höhle des Mannes sah es absonderlich aus. Mittendrin stand ein Tisch mit Beinen aus Birkenholz. Dahinter diente eine aus rohen Brettern und Knüppeln gezimmerte Kiste als Sitzbank. An der abschließenden Sandsteinwand brannte ein kleiner Ofen. Auf dem Boden der Höhle war eine niedrige Schlafstätte gebaut. So gingen viele Jahre ins Land.

Nachdem der Brotmann eines Sonntags zum ersten Mal nach Wulfen zur Kirche ging, hörte man beim Abendbrot in der Heide ein frommes Lied. Danach sah ihn keiner mehr. Niemand weiß, wohin er gegangen war. Er war wie die Schattenbilder beim Abendschein in den Heidberg gesunken.

Heute wissen wir, dass es sich um den Bauernsohn Werner Kempken aus dem Emmelkamp gehandelt hat, der keinen Militärdienst machen wollte. Später wanderte er unter dem Namen Henry Keller mit Hilfe der Franziskaner in Dorsten nach Amerika aus, um dort als Missionar tätig zu sein.

 **Quellen**

Joseph Kellner: Der Einsiedler in der Spökenkuhle. In: Heimatkalender der Herrlichkeit Lembeck. Ausgabe 1926. Seite 24.

Ludwig und Gertrudis Tüshaus: Der Einsiedler Brotmann. In: Edelgard Moers (Hrsg): Dorstener Geschichten. Dorsten 2000. Seite 29–30.

Der Schäfer von der Gälkenheide

Mit Spökenkieker wurde früher ein Mensch bezeichnet, der die Gabe einer übersinnlichen Wahrnehmung hatte und in die Zukunft sehen konnte. Man sagte auch, dass dieser Mensch das zweite Gesicht hätte.

Vor langer, langer Zeit gab es hier viele Schäfer. Einer von ihnen zog durch die Gälkenheide. Die Schafe beknabberten die jungen Triebe von Gräsern, Kräutern und Büschen. In der Sommerhitze ruhten sie mittags am Abhang des Heidhügels. Der Schäfer aber saß dann im Schatten der krummen Eiche und starrte unverwandt und verträumt in südlicher Richtung zum Himmel.

Er sah, wie grauer Dampf aufstieg, immer größer wurde und schließlich gewaltiger Rauch empor wirbelte. Dann kroch ein schwarzes Ungeheuer aus der Erde zu ihm, dessen Augen wie Feuerkugeln glänzte. Es schnaubte, fauchte, keuchte und stieß dunklen Qualm aus den Nüstern. Unaufhaltsam wälzte sich das Ungeheuer über die Gälkenheide und die ganze Herrlichkeit hin, bis es die Bauern und das Land in seinem Rachen verschlungen hatte. Auch der Wald, die Heide und alles Getier verschwanden unter ihm. Schließlich stürzten sich Riesenvögel mit lautem Getöse aus dem Himmel auf das Ungeheuer, und dieses brüllte, als müsste die Erde zerbersten.

Einige Bauern aus der Gälkenheide lachten den alten Schäfer aus, wenn er so etwas erzählte. Aber einige wussten, dass er in die Zukunft schauen konnte, dass er ein Spökenkieker war. Sie hingen ihm an den Lippen und hörten ihm gerne zu, auch wenn ihnen angst und bange wurde. Sie glaubten ihm seine Worte. Seine Geschichten erzählten sie von Generation zu Generation weiter.

Viele hundert Jahre später führten zwei Eisenbahnlinien durch die Heide und hundert Jahre lang stand die Zeche in der Nähe. Heute weiß man, dass der Spökenkieker die Lokomotiven, die Zeche und die Flugzeuge im Krieg gemeint hatte.

Zur Erinnerung gibt es in Dorsten die Straße Gälkenheide.

 **Quellen**

Josef Kellner: Der alte Schäfer aus der Wenge. In: Heimatkalender der Herrlichkeit Lembeck und Stadt Dorsten. Dorsten. Jahrgang 1960. Seite 64.

Adelheid Kollmann: Der alte Schäfer. In: Sagen aus dem alten Vest und dem Kreis Recklinghausen, Recklinghausen 1994, Seite 170.

Marga Belz: Der Spökenkieker in der Gälkenheide. In: Edelgard Moers (Hrsg): Dorstener Geschichten. Wahrhaftes zum Nachdenken. Märchenhaftes zum Träumen. Sagenhaftes zum Staunen. Dorsten 2000. Seite 30–31.

Peter Bertram: Der Spökenkieker von Dorsten. In: Edelgard Moers (Hrsg): Andere Dorstener Geschichten. Band 3. Dorsten 2005. Seite 167–168

Der Spuk in der Hervester Heide

Wo die ehemalige Bergarbeitersiedlung ist und einst die Zeche gestanden hat, da breitete sich früher eine große Heidelandschaft aus. Am Rande des Dorfes wohnte eine fleißige und gutmütige Familie, die einen Sohn hatte, der jeden Tag durch die Heide zu seiner Arbeitsstelle ging.

Auf dem Nachhauseweg, als er an den Wacholderbüschen vorbeikam, da begann es auf einmal neben ihm zu rascheln und zu sausen. Um seinen Schrecken zu verbergen, ging der junge Mann unverzagt weiter seines Weges. Doch das Gespenst wich nicht von seiner Seite. Da lief der junge Mann eilig in Richtung Elternhaus. Doch auch das Gespenst passte sein Tempo an und lief weiter an seiner Seite. An seinem Elternhaus angekommen, blieb das Gespenst mit einem lauten Rascheln und Sausen zurück und war auf einmal verschwunden. Der Atem des jungen Mannes stockte und seine Beine waren wie gelähmt. Er musste sich erst sammeln und seine Gedanken ordnen. Dann trat er ein.

Die Eltern hatten sich schon Sorgen gemacht, weil er so spät gekommen war. Doch er beruhigte sie schnell, in dem er sagte, dass er heute besonders viel zu tun gehabt hatte. Wie gewohnt, setzte er sich still an den Tisch.

Die Mutter erkannte in den Gesichtszügen ihres Sohnes, dass sich etwas Besonderes ereignet hatte. Aber sie zeigte es ihm nicht, war aber voller Angst.

Er verriet ihr auch nichts, denn er wollte sich nicht von Gespenstern einschüchtern lassen.

Am nächsten Tag ging er denselben Weg zur Arbeit, erfreute sich der Natur, und am Abend lief er zurück. Da wiederholte sich der Spuk. Das schwarze unheimliche Gespenst begleitete ihn auch diesmal und verschwand mit lautem Rascheln und Sausen kurz vor seinem Elternhaus.

Wochenlang hielt es den jungen Mann in Unruhe. Er offenbarte sich nicht seinen Eltern. Später erzählte er es anderen Menschen, die in dem Dorf wohnten. So wurde die Geschichte von Generation zu Generation weitererzählt.

Er hat es selbst nicht mehr erlebt, aber er hat den Bergbau in Hervest vorausgesehen.

 **Quellen**

Toni Otte: Der Spuk in der Hervester Heide. In: Heimatkalender der Herrlichkeit. Dorsten. Jahrgang 1930. Seite 24–25.

Peter Bertram: Der Spuk in der Hervester Heide. In: Edelgard Moers (Hrsg): Dorstener Geschichten. Band 1. Dorsten 2000. Seite 32–34.

Die Riesen in Lembeck

Es ist lange her, dass hier zu Lande noch Riesen wohnten. Tausende von Jahren mögen wohl darüber vergangen sein. Aber es war eine schöne Zeit für die Menschen. Denn die Riesen waren groß und stark und halfen gern da, wo gewöhnliche Menschenkraft nicht ausreichte. Böse wurden sie nur dann, wenn man ihnen für ihre Arbeit und ihre Hilfe nicht den versprochenen Lohn gab.

In Lembeck lebten zwei Riesen. Der eine wohnte in der Hohen Mark, wo später Punsmann ein Gehöft hatte und heute die Biologische Station ist. Der andere hatte seinen Wohnsitz an der Stelle, an der jetzt der Hof von Elwermann steht. Auf dem Weg nach Rhade lag eine Weide mit einem hohen Wall, der mit dicken Eichenbäumen bewachsen war. Diesen Wall wollten die Menschen begradigen, um den Boden für Weideland nutzbar zu machen. Darum sägten sie die mächtigen Eichenriesen ab. Das schwerste Stück Arbeit bestand für sie darin, die alten knorrigen Stubben auszuroden. Aber sie fragten sich lange, wie sie das machen sollten. Sie quälten sich mit unzureichendem Werkzeug ab, ohne dass ihre Arbeit auch nur einen Schritt vorwärts ging.

Da kam eines Tages der Riese von Elwermanns Hof an dem Wall vorbei und schaute eine Zeit lang den Menschen schweigend zu. Schließlich fragte er sie, was sie denn eigentlich vorhätten. Sie antworteten ihm, dass sie sich schon wochenlang damit abmühten, die Eichenstubben aus dem Wall zu ziehen, diese aber trotz der größten Anstrengung nicht herausbekämen. Der Riese überlegte eine Weile und fragte die Bauern, was sie ihm geben würden, wenn er für sie die Eichenstubben herausreißen würde.

Die Menschen versprachen ihm das Beste, das sie hätten, nämliche eine tüchtige Mahlzeit, woran er sich gründlich satt essen könnte. Der Riese war damit einverstanden und ging sofort an die Arbeit. Staunend standen die Menschen dabei und konnten sich nicht satt daran sehen, wie der Riese die mächtigen Eichenstubben spielend aus dem Boden riss und weit fortschleuderte. In kurzer Zeit hatte er die Arbeit vollbracht und forderte seinen Lohn. Den gaben sie ihm auch und brachten ihm ein Scheffelbrot und eine riesige Speckseite.

Der Riese ergriff sofort das Brot und die Speckseite und schob eins nach dem anderen in seinen überaus großen Mund. Dann kaute er ein paar Mal zu, und Brot und Speckseite waren verschwunden. Er fragte, ob das die ganze Mahlzeit wäre, denn an dieser Kleinigkeit hätte er sich erst recht hungrig gegessen. Die Menschen waren vor Staunen sprachlos, aber auch ratlos, denn sie hatten dem hungrigen Riesen das letzte Brot und den letzten Speck gegeben und mussten nun eingestehen, dass sie selbst nichts mehr hatten. Da begann der Riese entsetzlich an zu schimpfen und schwor, den Menschen keinen Dienst mehr zu erweisen.

In seinem Zorn lief er zum Wall zurück und versenkte sämtliche Stubben, dass die Menschen sie so leicht nicht wieder herausbekommen sollten.

 **Quellen**

Robert Komatzki: Die Hünen in Lembeck. In: Heimatkalender der Herrlichkeit Lembeck, Jahrgang 1926. Seite 79.

Hugo Hölker: Die Hünen in Lembeck. In: Edelgard Moers (Hrsg): Dorstener Geschichten. Dorsten 2000. Seite 67–68.

Der große Schlüter

Die Straße von Borken nach Haltern führt am Bensberg talabwärts in die Schluchten des griesen Mönnink. An dieser Stelle war die Straße wegen der vielen Räubereien und Überfälle, die auf friedlich dahinziehende Leineweber und Kaufleute gemacht wurden, besonders gefährlich und unsicher. Der schwerbepackte Leineweber, der das Erzeugnis seiner Wochenarbeit auf dem gebeugten Rücken nach Haltern trug, beflügelte die Schritte und bekreuzigte sich ein paar Mal, um schnell und sicher der Gefahr entrinnen zu können.

Die Gegend vermochte mit ihrer wilden Romantik ein ängstliches Gemüt in den Bann zu ziehen. Von Süden nach Norden wurde die Landschaft von einer gewaltig gähnenden Schlucht durchfurcht, in die die gegenüberliegenden Höhen in geheimnisvollem Schweigen hinunterschauten, als träumten sie in stiller Versunkenheit von längst verklungenen Märchen.

Hier hauste jener seltsame Wilderer, der im Volksmund der große Schlüter genannt wurde. Wann er seine abenteuerlichen Tage zugebracht hat, lässt sich urkundlich nicht nachweisen, aber es muss schon lange her sein, denn die ihn kannten, sind nicht mehr unter den Lebenden.

Sein Elternhaus soll am äußersten Ende von Lembeck an der Grenze zu Heiden gestanden haben, so berichten die Alten. Was ihn bewogen hat, in der Hohen Mark ein wildes, ungebundenes Leben zu führen, entzieht sich unserer Kenntnis.

Vielleicht hatte ihn als nachgeborener Bauernsohn die Enge seiner Väterscholle vom Heimathof vertrieben. Vergrämt und vom Leben enttäuscht wollte er wohl in die Weite ziehen. Doch letztlich war er in der Wildnis der Hohen Mark hängen geblieben. Da das Blut des Jägers durch seine Adern floss, hatte er sich der Wilderei hingegeben. Das war damals gar nichts Besonderes und Ehrenrühriges, denn dieser wohllöbliche Brauch stand in der Zeit sehr in Übung und Ansehen.

Vielleicht war er auch ein Sonderling, der das wilde Königtum der Freiheit mehr liebte als die geregelte Unterwürfigkeit auf seinem Vaterhofe. Wie dem auch sei, der große Schlüter war da und durchstreifte als Wilddieb die Gegend. Verbrechertaten schienen sein Leben nicht befleckt zu haben. Jedenfalls war keine Untat von ihm bekannt. Trotzdem war er ein gefürchteter Geselle. Sein abenteuerliches Leben, sowie das hünenhafte Aussehen mögen nicht wenig dazu beigetragen haben, seinen schlimmen Ruf zu verbreiten. Dass er aber nicht so gefährlich war, mag eine Begebenheit aus seinem Leben beweisen.

Einst kam eine Frau aus Specking vom Halterner Wochenmarkt zurück. Ihr Weg führte naturgemäß über den griesen Mönnink. Als die Frau diese verruchte Gegend betrat, befiel sie auf einmal eine unheimliche Angst. Es kam ihr in den Sinn, dass hier das Jagdrevier des großen Schlüters war. Mit jedem weiteren Gedanken an diesen Wilderer steigerte sich ihre Angst, und sie begann zu laufen, so schnell sie ihre Füße zu tragen vermochten. Da trat plötzlich ein Mann über den Weg. Er fragte sie, warum sie solche Eile hätte. Der Frau stockte der Atem. Nur das beruhigende Zureden des Mannes brachte ihr die Sprache zurück. Sie erklärte ihm, dass sie sich vor dem großen Schlüter fürchten würde. Da lachte der Fremde und versprach ihr, sie bis zum Specking zu begleiten, denn an seiner Seite würde ihr kein Ungemach geschehen.

Die freundlichen und aufmunternden Worte des Mannes ließen die Frau aufatmen und alle Angst vergessen. Gerne nahm sie das Angebot der Begleitung an. In der Nähe Speckings, wo die ersten Häuser sichtbar wurden, verlangsamte der Mann seine Schritte und erklärte ihr, dass er hier nicht mehr weitgehen dürfe, und wenn sie jemand fragen sollte, wer sie begleitet hätte, dann sollte sie sagen, dass es der große Schlüter war.

Ein anderes Mal wanderte ein Schneiderlein von Reken nach Lavesum. Es wollte hier bei einem Förster arbeiten. Als nun der Schneider durch die Schlucht des griesen Mönnink kam, sah er aus dem Gebüsch ein blaues Rauchwölkchen hochsteigen. Er vermutete, dass es die Höhle des großen Schlüters sei, denn er hatte schon so einiges von dem Wilddieb gehört. Der Gedanke an den wilden Mann beflügelte seine Schritte. Beim Förster in Lavesum angekommen, erzählte er in aller Eile sein Erlebnis. Der Förster griff sofort sein Gewehr, legte es über die Schulter, nahm den Schneider mit und suchte die Stelle auf, wo sich der Rauch gezeigt hatte. Beide entdeckten eine einfache Höhle, deren Eingang mit Moos abgedeckt war. In der Höhle flackerte ein kleines Holzfeuer, worauf ein Topf mit einem gekochten Hühnchen stand. Doch von dem Bewohner war keine Spur zu sehen.

Der große Schlüter hatte die Gefahr längst erkannt und sich versteckt, als sich die beiden seiner Höhle näherten.

Aber das weitere Schicksal des Wilddiebs ist in ein geheimnisvolles Dunkel gehüllt. Vielleicht hat er ja wieder eine ängstliche Frau nach Hause begleitet. Aber es ist nichts darüber bekannt geworden.

 **Quelle**

Robert Komatzki: De grote Schlüter. In: Heimatkalender der Herrlichkeit Lembeck. Jahrgang 1928. Seite 146ff.

Der geheimnisvolle Kutscher

In alten Zeiten stand in Lembeck noch kein Gotteshaus. Die Dorfbewohner mussten jeden Sonntag zur Kirche bis nach Gemen gehen, die dem Heiligen Remigius gewidmet war. Das war ein weiter Weg, und die meisten Dorfbewohner mussten ihn zu Fuß zurücklegen und schon am frühen Morgen aufbrechen, um rechtzeitig dort zu sein. Nur wenige hatten einen Esel oder ein Pferd, um den Weg leichter zurücklegen zu können.

Ein Bauer hatte sich schon mehrere Tage und Nächte abwechselnd mit seiner Frau um das krankes Kind gekümmert. Am Sonntag ging es dem Kind gar nicht gut, und der Bauer schaffte es nicht, gemeinsam mit den anderen Dorfbewohnern zur Kirche zu gehen. Als er schließlich aufbrechen wollte, um die Heiligen um Hilfe zu bitten, waren die Nachbarn schon längst unterwegs und nicht mehr zu sehen.

Doch er machte sich noch allein auf den Weg. Während er lief, spürte er seine Erschöpfung, denn er hatte seit vielen Stunden nicht geschlafen. Er setzte sich am Wegesrand auf den Boden, um eine kurze Pause zu machen.

Da kam ein Kutscher mit einem kleinen Gespann des Weges. Dieser hielt sein Pferd an und bat den Bauern, in den Wagen einzusteigen. Direkt vor der Kirche setzte er ihn ab.

Der Bauer bedankte sich bei dem Kutscher, dass er ihn mitgenommen hatte. Fast gleichzeitig mit den anderen Dorfbewohnern war er dort eingetroffen.

Als er zu Hause angekommen war, hatte sein Kind klare Augen und der Zustand verbesserte sich von Tag zu Tag.

Am folgenden Sonntag wollte der Bauer dem Kutscher ein Kreuz schenken, das er in der Woche selbst geschnitzt hatte. Doch er sah ihn nie wieder.

 **Quelle**

Edelgard Moers: Der geheimnisvolle Kutscher. Unveröffentlichter Text. Dorsten 2022.

Der letzte Zwerg in der Heide

Vor langer Zeit lebte am Fuße der Hohen Mark, wo heute die Schule Beck steht, eine vornehme Zwergenfamilie tief unten im Schoß der Erde. Die Zwerge besaßen dort ein glänzendes Schloss, in dem Gold, Silber und Edelsteine lagerten. Oben auf der Erde war nichts davon zu sehen, denn um den Eingang herum wuchsen Wacholderbüsche, Ginstersträucher, Birken und Zwergkiefern.

Die Zwerge waren die Herren des Waldes und der Heide. Sie lebten in Frieden und mit viel Freude, ohne von jemandem beneidet oder gestört zu werden. Doch dann kamen Menschen in diese Gegend. Sie jagten den Zwergen die Hasen und Rehe ab. Das verdross die kleinen Männlein. Die Menschen schlugen die besten Bäume ab, unter deren schattigen Kronen die Zwerge plauderten und schnarchen konnten. Das trübte die Stimmung der kleinen Männlein noch mehr. Sie beschlossen, zum König der Menschen zu gehen und mit ihm zu reden. Sie brachten die Bitte vor, ihnen nicht das Wild abzuschießen, das ihre Speise sei, und nicht ihre besten Bäume abzusägen, unter denen sie schlafen und träumen würden. Sie waren sehr freundlich und versprachen dem König sogar, dass er als Lohn so viel Gold und Silber bekommen würde, wie er tragen könnte.

Als der König verstand, dass er große Mengen Gold und Silber bekommen sollte, willigte er ein. Er versammelte daraufhin seine Krieger. Unter der Führung der Zwerge gingen sie zum unterirdischen Schloss in der Heide. Dort angekommen, sprangen die Krieger eilends von den Pferden. Sie erwarteten, in das funkelnde Schloss hinunter steigen zu dürfen. Doch die Zwerge erklärten ihnen, dass noch nie ein Mensch dort unten gewesen sei und sie darum geduldig warten sollten, bis sie ihnen die Schätze an die Oberfläche bringen würden. Dann verschwanden die kleinen Wesen in der Tiefe.

Die Menschen hatte ihre Freude daran, diesen kleinen braven Männlein zuzusehen, wie sie, einer nach dem anderen, mit schweren Gold- und Silberklumpen beladen, schnaufend und stolpernd aus der Erde stiegen. Der König und seine Leute nahmen das großzügige Geschenk gierig entgegen, und sie ritten freudig nach Hause.

Doch der schimmernde Reichtum der Zwerge hatte den König geblendet. Er hielt sich nicht an die Absprachen und dachte schon darüber nach, wie er Herr des unterirdischen Schlosses und des gesamten Reichtums werden könnte. Die beste Möglichkeit sah er darin, die Zwerge zu überfallen und auszurauben. Schwer bewaffnet zog er darum mit seinen Kriegern zum Eingang des Zwergenschlosses. Doch er fand nur den Wächter. Mit barschen Worten wandte sich der König an den Zwerg, der vor dem Eingang seine Aufgabe wahrnahm. Dieser sollte den gesamten Schatz herausgeben, sonst würde er das Schloss ausrauben.

Der Wächter staunte über diese kecken Worte des Königs und fragte, ob das der Dank für das großzügiges Geschenk sei. Er verkündete, dass die Menschen nie und nimmer ihren Schatz bekommen würden und setzte seine Tarnkappe auf. In demselben Augenblick war er verschwunden und der Eingang war verschlossen. Der König und seine Krieger waren gierig und grausam. Sie schlugen ein Lager auf und bewachten die Stelle viele Wochen lang. Als die Zwerge im Inneren ihre Vorräte verzehrt hatten, kamen sie aus der Tiefe und riefen um Hilfe.

Doch die Menschen glaubten, diese Schreie seien eine List der Zwerge. Erst sollte das ganze Zwergenvolk tot sein, dann konnten die Krieger ohne Angst vor Rache in das Schloss steigen und glückliche Besitzer des Schatzes werden. Das Schreien und Rufen der Zwerge verhallte nach und nach, bis es schließlich totenstill wurde. Das grausame Werk des Königs und seiner Krieger war vollendet. Die Zwerge im Inneren der Erde mussten aus Habgier sterben.

Nun wollten der König und seine Männer in die Gemächer der Zwerge eindringen. Aber niemand von ihnen fand den Eingang. Das kleine Männlein, das den Eingang bewacht hatte und sich im Gebüsch versteckt hielt, musste die bösen Taten der Menschen mit ansehen. Es konnte sich von den Beeren ernähren. Aber seine Brüder hatte es nicht retten können. Nun verzauberte es den Zugang zum Schloss. Sein Zauberspruch versenkte den gewaltigen Schatz auf Nimmerwiedersehen.

Wutschnaubend zog der König mit seinem Kriegsvolk ab. Das kleine Männlein aber, das als letzter Zwerg in der Heide übrig geblieben war, begrub seine Brüder und schwor den Menschen Rache. Daran erinnern noch heute das dumpfe und unheimliche Klopfen und die Rufe in der Heide. Niemand wird den letzten Zwerg sehen können, denn er setzt zu seinem eigenen Schutz immer öfter seine Tarnkappe auf.

 **Quellen**

Robert Komatzki: Der letzte Zwerg in der Heide. In: Heimatkalender der Herrlichkeit Lembeck. Jahrgang 1925. Seite 26.

Hugo Hölker: Der letzte Zwerg in der Heide. In: Edelgard Moers (Hrsg): Dorstener Geschichten. Dorsten 2000, Seite 40–41.

Der Zwerg von Lembeck

In alten Zeiten gab es hier kleine geheimnisvolle Wesen, die in der Erde hausten. Es waren vornehme Männlein, die niemandem ein Leid zufügten. Manchmal gaben sie seltsame Hoho-Rufe von sich.

Eines Tages hörte ein Bauer in Lembeck mitten aus seiner Kuhherde heraus solche Rufe. Schnell kam er näher und sah ein kleines Männchen, das ein weißes Hemd und eine rote Trachtenweste, ein Kamisölchen, trug. Im gleichen Augenblick war das kleine Männchen auch schon wieder verschwunden.

Als der Bauer sein Erlebnis am Abend den anderen Bauern erzählte, hörten ihm die Nachbarn gespannt zu, denn auch sie wussten von den Erzählungen ihrer Eltern und Großeltern, dass es vor langer Zeit Zwerge in Lembeck gegeben haben soll. Doch ein junger Bursche lachte den Bauern aus und glaubte ihm nicht. Als der junge Bursche zu nächtlicher Stunde nach Hause lief, hörte er plötzlich von allen Seiten die Hoho-Rufe der Zwerge. Ihm wurde angst und bange, und er rannte um sein Leben.

Als er im Bett lag und sich gerade die Decke über den Kopf ziehen wollte, stand das kleine Männchen mit dem roten Kamisölchen vor ihm. Bevor der Bursche etwas sagen konnte, war es auch schon wieder verschwunden. In Zukunft lachte er nicht mehr, wenn die anderen Bauern über diese kleinen geheimnisvollen Wesen redeten.

Sie sind noch oft gesehen worden, aber niemals haben sie jemandem ein Leid zugefügt.

 **Quelle**

Edelgard Moers: Das Homännchen. In: Edelgard Moers (Hrsg): Dorstener Geschichten. Dorsten 2000, Seite 73.

Der kluge Steinebrecher

Als Napoleon die große Heerstraße durch die Herrlichkeit Lembeck bauen wollte, hatten die französischen Unternehmer Probleme mit der Beschaffenheit der Erde. An der Stelle, wo die Straße über den nächsten Punkt des Freudenbergs laufen sollte, war ein mächtiger Felsblock. Die Franzosen waren nicht in der Lage, ihn auf die Seite zu schaffen. Sie versuchten, mit Hammer und Meißel den Brocken zu bearbeiten. Der Block war jedoch zu groß und zu hart, um ihn von der Stelle zu bewegen oder ihn zu verkleinern.

Dann hatten sie die Idee, viele Löcher zu bohren und mit Pulver zu füllen, um eine Sprengung durchzuführen. Doch auch diese Mühe führte zu keinem Ergebnis.

Der Plan war nun, die Straße an dem Brocken vorbeizuführen. Doch Napoleon wollte eine gerade Straße haben. Kopflos und ratlos standen sie vor dieser schwierigen Aufgabe. Den ganzen Sommer über kamen sie nicht weiter. Alle Versuche, den Stein wegzuräumen, blieben ohne Erfolg.

In der höchsten Not fragten sie einen Steinebrecher aus Lembeck, von dem sie gehört hatten. Er wollte vorher wissen, was sie ihm geben würden, wenn er den Kollos allein bis zum Frühjahr zur Seite räumen würde.

Die Franzosen waren zunächst skeptisch, ob er es tatsächlich schaffen würde. Aber sie hatten keine Wahl. Nach einigen Überlegungen und Absprachen boten sie ihm eine große Summe an.

Der kommende Winter war hart und alles ruhte. Der Steinebrecher ging eines Abends bei starkem Frost zu dem Stein und schüttete Wasser in die Bohrlöcher. Wasser dehnt sich bekanntlich aus, wenn es zu Eis wird. In dieser Nacht brach der Felsblock in tausend Stücke. Die Franzosen waren froh und schafften die einzelnen Steine mit wenig Mühe weg. Jetzt konnten sie die Straße endlich weiterbauen. Zwei kleine Steinblöcke ließen sie am Rand als Erinnerung stehen.

Der Steinebrecher kaufte für das erhaltene Geld einen Bauernhof und lebte von nun an glücklich und zufrieden als Bauer.

 **Quellen**

Joseph Kellner: Wie eine Sage entsteht. In: Heimatkalender der Herrlichkeit Lembeck. Jahrgang 1932. Seite 75.

Joseph Kellner: Die Steinblöcke an der Napoleonstraße. In: Heimatkalender der Herrlichkeit Lembeck, Jahrgang 1963. Seite 48 ff.

Der mutige Schmied

In Lembeck gab es vor langer Zeit eine Schmiede. Der Schmied war mutig und sehr stark. Er ließ sich von keinem einschüchtern und hatte vor nichts und vor niemandem Angst.

Eines Tages kam der Teufel mit einer abgebrochenen Mistgabel zu ihm. Dieser hielt das beschädigte Stück hoch und sagte, dass er eine neue benötigte, die der Schmied ihm anfertigen sollte.

Der Schmied erkannte den Teufel sofort und erwiderte mutig, dass er genug Arbeit von ehrlichen Leuten hätte und mit ihm nichts zu tun haben wollte. Da drohte der Teufel damit, dass ihn die Ratten fressen würden, wenn er ihm die Mistgabel nicht anfertigen würde. Der Schmied meinte nur, dass er weder Angst vor den Tieren noch vor ihm habe. Er soll die Ratten nur kommen lassen.

In dem Augenblick nahm der Schmied den dicksten Hammer und schlug schnell wie der Wind auf den Teufel ein. Doch dieser verschwand wie der Blitz durch das geschlossene Fenster, ohne dass eine Scheibe zersprang.

Der Schmied rief ihm noch hinterher, dass Schnelligkeit noch lange keine Hexerei sei. Der Teufel ließ sich aber nie wieder bei dem Schmied sehen.

 **Quelle**

Edelgard Moers: Der alte Schmied. In: Edelgard Moers (Hrsg): Dorstener Geschichten. Dorsten. Seite 28.

Die Elfen am Schloss

Vor langer Zeit gab es Elfen, die mit ihren zarten Flügeln anmutig und lieblich umherflatterten. Einige lebten auf den Wiesen rund um das Lembecker Schloss. Bei ihren Spaziergängen im Schlosspark erfreute sich die Grafenfamilie, die dort wohnte. Die Elfen achteten besonders darauf, dass die Kinder des Schlosses gesund und fröhlich aufwuchsen. Das Wohlbefinden der Kleinen machte natürlich die Erwachsenen sehr glücklich. Und so herrschten die Grafen des Schlosses mehrere Generationen zufrieden über die gesamte Herrlichkeit Lembeck.

Dem Teufel war diese Glückseligkeit schon lange ein Dorn im Auge. Häufig schlich er sich im Gewand eines Wolfes durch den Wald bis zur Wiese vor dem Schloss. Eines Tages versteckte er sich wieder einmal im Gebüsch und beobachte das Treiben der Elfen auf den Wiesen. Er grübelte lange darüber nach, wie er mit seiner zerstörerischen Lust Unheil anrichten konnte.

Doch die Elfen hatten ihn längst bemerkt. Sie schmiedeten einen Plan, wie sie ihn verjagen konnten. Blitzschnell flogen sie gemeinsam auf ihn zu und umkreisten ihn immer wieder und wieder in einem großen Schwarm und machten laute Geräusche. Dieser Angriff irritierte den Wolf, und weil er den Kopf immer wieder nach den Elfen verdrehte, wurde ihm furchtbar schwindelig und er verlor schließlich die Orientierung. Völlig erschöpft blieb er bis zum nächsten Morgen reglos im Gras liegen.

Als sich der Teufel dann endlich einigermaßen bewegen konnte, kroch er vorsichtig zurück in sein Quartier und nahm seine eigentliche Gestalt wieder an. Er hatte sich wütend in die Wahnwelt seiner verletzten Großartigkeit hineingesteigert. Doch er war hartnäckig. Er wollte die Glückseligkeit der Schlossbewohner zerstören und konnte an nichts anderes mehr denken.

Die Elfen aber waren gewarnt und erkannten ihn sofort wieder, als er sich in dem Gewand des Wolfes scheinbar harmlos den Wiesen rund um das Schloss näherte. Auf ein leises Kommando wiederholten sie den Angriff in einem großen Schwarm, bis der Teufel wieder die Orientierung verloren hatte. Dieses Vorgehen wiederholten sie noch mehrmals, bis der Teufel aufgab und sich ein anderes Revier suchte, in dem er sein Unheil treiben konnte.

 **Quelle**

Edelgard Moers: Die Elfen am Schloss. Unveröffentlichter Text. Dorsten 2022.

In der Spokenkuhle

Die dunklen Büsche der Heide an der Spokenkuhle raschelten und lispelten wie im geheimen Zwiegespräch von all den Sagen der heimatlichen Gegend. Die alten Stubben, die letzten Reste abgeholzter Bäume, standen wie Zwergmännlein davor und erschreckten Wanderer. Ein gespenstischer Ort, der viel zu erzählen hatte.

Am Abend saßen die Bauernsöhne gerne in der Spokenkuhle und lauerten auf Wild. Durch ein geisterhaftes Flöten und Klopfen wurden sie aufgeschreckt. Sie bekamen Angst, ließen alles liegen und eilten mit beflügelten Schritten nach Hause und erzählten das Vorgefallene ihrem Vater. Dieser erklärte ihnen, dass er auch schon oft das rätselhafte Flöten und Klopfen vernommen hätte. Aber er wüsste auch nicht, woher das kommen könnte.

Ein anderes Mal tauchte vor einem Bauernjungen ein Hase auf. Er nahm das Tier aufs Korn und schoss. Doch da wurden aus dem einen Hasen zwei, und sie gingen angriffsbereit auf ihn los. Der Angstschweiß trat dem jungen Mann auf die Stirn, und er wusste später nicht mehr, wie er nach Hause gekommen war.

Einmal saßen drei Handwerksburschen in der Kuhle und versuchten im schützenden Dunkel der Nacht ein von einem Bauernhof gestohlenes Huhn zu verzehren. Da kamen zwei brennende Fackeln geradewegs auf sie zu und verscheuchten sie.

Heute überrankt ein dichter Dornenkranz von Brombeersträuchern die Kuhle in der Heide. Doch der Spuk wurde nicht gebannt. Noch immer ist das Flöten und Klopfen zu hören, und den Besucher erwartet so manche Überraschung.

 **Quelle**

Robert Komatzki: In der Spokenkuhle. In: Heimatkalender der Herrlichkeit Lembeck. Jahrgang 1933. Seite 66.

Das Steinkreuz in Lembeck

Am Wege durch den nördlichen Teil der Bauernschaft Beck steht ein schlichtes Kreuz aus Stein. Es macht den Eindruck eines sich scheu an den Boden duckenden unheimlichen Males. Die beiden Schuhsohlen aber, von denen je eine auf der Vorder- und Rückseite des Kreuzes eingemeißelt ist, weisen auf eine schaurige Tat hin.

Maienglanz lag auf dem Antlitz des jungen Schustergesellen Bernard Uhlenbrock, der leicht und federnd, als drückte ihn das Felleisen nicht im Geringsten, über die verstaubte Landstraße schritt. Seit dem frühen Morgen war er schon auf den Beinen, nun war es bereits Mittag und die Sonne brannte. Er hielt inne und seine Augen suchten in der Ferne ein noch größeres Maienglück als das, das ihn umgab.

Da wurde er durch den unsanften Gruß eines Vorübergehenden aus seinen glücklichen Träumen aufgerüttelt. Schon wollte er weiter gehen, da gewahrte er plötzlich die Gesichtszüge des Wanderburschen, der ihn so rau in seinen Gedanken gestört hatte. Der Schustergeselle blieb wie angewurzelt stehen, sein Gesicht wurde blass. Dann setzte er sich an den nächsten Baum am Graben und tat, als wolle er sich durch einen Imbiss stärken. Er schaute dem Burschen misstrauisch nach. Was der wohl vor hatte? Er kannte ihn.

Es war Peter Dark, sein Nebenbuhler, den er von der Seite seiner Geliebten verdrängt hatte.

Jetzt setzte sich der Wanderer durch. Eine unheimliche Ahnung beschlich den Schustergesellen. Die Worte seiner Braut, die sich Sorgen um ihn machte, und hoffte, ihn bald gesund wiederzusehen, bekamen für ihnen einen grausigen Sinn. Sollte der Wanderer etwas Furchtbares vorhaben? Nein, es war nicht denkbar. Aber andererseits war dieser unberechenbar. Die beiden waren zwei Jahre zusammen bei demselben Meister gewesen, hatten diese Zeit hindurch als Schustergesellen über denselben Leisten geschlagen, waren gute Kollegen gewesen. Es war nicht möglich. Doch dann war die hübsche Tochter des Meisters dazwischen gekommen. Peter Dark hatte sich in sie verliebt und sie um das Jawort gefragt.

Sie gab ihm den Korb. Das schmerzte ihn tief, aber er gab die Versuche, sie zu erobern, nicht auf. Doch ihr Herz blieb kalt. Dafür hatte sie aber den sanften Bernard Uhlenbrock umso zärtlicher in ihre Seele eingeschlossen. Der Wanderer sah es und seine Leidenschaft wuchs, aber auch sein Hass. Trotzdem kam es, wie es kommen musste. Eines Tages wechselten die Tochter des Schuhmachermeisters und der Schustergeselle die Verlobungsringe. Der Wanderer hatte das Spiel verloren. Mit geballten Fäusten verließ er das Haus. Hatte er Rache geschworen?

Der Schustergeselle war unvorsichtig gewesen, als er in der Schenke beim Abschiedfeiern, an dem auch der Widersacher teilgenommen hatte, seinen Reiseplan ausgeplaudert hatte. Sein Feind konnte ihn jetzt auf Schritt und Tritt verfolgen. Aber was war zu tun? Etwa zurückkehren? Aber das hätte ihn um das Ansehen der Kollegenschaft gebracht. Besonders jetzt, wo er in einem Jahr das Geschäft seines Meisters übernehmen wollte. Nein, er wollte seinem Gegner zeigen, dass er Furcht und Angst nicht kannte, stand auf und schritt weiter. Jetzt kam er an dem Feind vorbei und bekam das Grauen. Er schritt aber eifrig weiter, bis er schließlich müde wurde. Dann griff er nach der Uhr. Die zeigte ihm, dass er den Plan, noch vor Abend den Ort Haltern zu erreichen, aufgeben musste. In der Bauerschaft Beck, durch die sein Weg führte, musste er auf einem Bauernhof übernachten. Der Widersacher war ihm in Sichtweite gefolgt.

Bernard Uhlenbrock konnte gerade noch vor seinem Verfolger den Hof erreichen und ins Haus schlüpfen. Für heute war er seinem Todfeind entwischt. Doch dieser lachte dumpf auf. Der Schustergeselle musste ihm ja eines Tages doch über den Weg kommen. Wenn nicht heute, dann morgen. Er konnte keinen anderen Weg nehmen. Jedenfalls wollte er im nahen Busch beim Haanehof die Nacht hindurch auf der Lauer liegen.

Peter Dark setzte sich ins weiche Moos, holte ein Stück Brot aus seinem Ranzen hervor und kaute. Aber es wollte ihm nicht schmecken. Er wollte seine Unruhe dämpfen und legte sich schlafen. Doch nicht lange, da ließ ein gewaltiges Donnerrollen die Erde und den Schläfer erzittern. Schlag auf Schlag erdröhnte, und die Blitze jagten sich wie wildgreifende Feuerschlangen. Ein fürchterlicher Sturm bog die dicken Eichen wie Peitschenstiele, und es goss, als wollten die Wolken brechen. Peter Dark zuckte bei jedem Donnerschlag zusammen und wollte einen Unterschlupf suchen, doch die Finsternis ließ ihn keinen Weg finden. Dann stellte er sich unter das schützende Geäst einer gewaltigen Buche und wartete und grübelte.

Am frühen Morgen war der Schustergeselle schon wieder auf dem Weg. Er hatte das seelische Gleichgewicht wiedergewonnen. Das gestrige Erlebnis mit seinem Widersacher wirkte nur noch wie ein böser Traum nach. Frohgemut und stramm schritt er dahin. An der Wegbiegung am Haanenhof jedoch stellte sich ihm der Bösewicht in den Weg. Mit gezücktem Messer stand er vor ihm und ein grässlicher Fluch stolperte über seine Lippen. Der Schustergeselle erfasste den furchtbaren Ernst der Lage sofort, sprang blitzschnell zurück und griff in die Tasche. Er rief seinem Widersacher zu, dass er auch nicht davonkommen würde. Dann vollzog sich das blutige Schauspiel, bei dem nur der Himmel Zeuge war.

Als die Lembecker am nächsten Morgen zur Sonntagsmesse fuhren, fanden sie den jungen Schustergesellen tot am Wegesrand liegen und ein Schustermesser steckte in seiner Brust. Der junge Mann wurde im Dorf begraben. Der Steinmetz fertigte ein Sühnekreuz mit zwei eingemeißelten Schuhsohlen an, eine auf der Vorderseite und eine auf der Rückseite, und stellte es am Tatort auf.

Einige Jahre später beobachteten die Lembecker einen schlecht gekleideten alten Mann, der sich seltsam verhielt und immer wieder lange Zeit vor dem Steinkreuz stehen blieb. Eines Tages gingen sie auf ihn zu und beschuldigten ihn des Mordes an dem jungen Schustergesellen.

Der Mann ließ sich ohne Widerstand abführen und bereute seine Tat. Der Familie des Ermordeten gab er Geld für den Lebensunterhalt. Dem Pfarrer gab er Geld für mehrere Seelenmessen sowohl für den Ermordeten wie auch für ihn selbst und für Kerzenwachs.

Nach dem Prozess wurde der Mörder auf dem Galgenberg hingerichtet.

Das Steinkreuz ist heute noch ein unheimlicher Ort. Dort passieren eigenartige Dinge, vor allem um Mitternacht.

 **Quellen**

Robert Komatzki: Die grausige Geschichte vom dem Steinkreuz bei Haane. In: Heimatkalender der Herrlichkeit Lembeck. Jahrgang 1925. Seite 37 ff.

Amtmann Uckelmann: Das Kreuz auf dem Specking. In: Heimatkalender der Herrlichkeit Lembeck. Dorsten 1928. Seite 110.

Hugo Hölker: Das Steinkreuz in Lembeck. In: Edelgard Moers (Hrsg): Dorstener Geschichten. Dorsten 2000. Seite 70–72.

Der ungerechte Richter

Es lebte einmal ein Richter in Lembeck. Er wohnte auf Natteforth. Ihm ging der Ruf voraus, dass er sehr böse sei. Wenn er heimlich Geld von jemandem bekam, machte er jedes Unrecht mit. Er bestrafte die kleinen Vergehen von Bauern über alles Maß, und die Schwerverbrecher ließ er ungeschoren davonkommen. Den Reichen hielt er die Hand über den Kopf und die Armen ließ er schinden. In jedem Jahr brachte er einige Menschen an den Galgen, und viele mussten unschuldig im Gefängnis schmachten.

Er glaubte, dass die Menschen sein Ansehen und sein Amt in Frage stellen würden, wenn er nicht so rigoros vorgehen würde. Denn er wollte aus seinem schönen Haus nicht ausziehen, sondern ein strenger Richter sein und die Bauern lieber weiter quälen. Aber einmal war schon bald das Jahr um, und er hatte noch keinen hinrichten können. Darum überlegte er, wie er es anstellen könnte, einen Menschen wieder an den Galgen zu bringen.

Eines Tages, es war schon im Dezember, der Schnee lag hoch, und es hatte gefroren, da kam ein Kiepenkerl, ein Hausierer, in das Haus des Richters und wollte Strumpfgarn verkaufen. Er setzte seine Kiepe in den Hausflur und ging mit einem Arm voll ausgewählter Ware in die Wohnstube, wo er an die Hausfrau einige Bündchen verhandelte.

Währenddessen schlich der böse Richter hinaus und legte dem Hausierer heimlich einen Beutel mit Geld unten in die Kiepe und deckte ihn mit der Wolle vorsichtig zu. Der arglose Handelsmann merkte nichts und ging frohen Mutes von dannen.

Kaum war er hundert Schritte vom Hause fort, da schickte der Richter einen Knecht hinterher, der ihn beschuldigte, dem Richter Geld gestohlen zu haben. Der Handelsmann war darüber sehr erstaunt und beteuerte hoch und heilig, nichts Unrechtes getan zu haben. Reinen Gewissens ging er zurück zum Richter. Dieser stand schon in der Haustür und beschimpfte ihn mit bösen Worten, dass ihm solche Frechheiten noch nicht vorgekommen seien und dass er ein Spitzbube sei. Doch der Händler sprach frank und frei, dass es nicht wahr sei und dass er sich hängen lassen würde, wenn fremdes Geld bei ihm gefunden würde. Und als nun darauf der Richter die Kiepe umständlich hin und her durchsuchte, fand er das Geld und hielt es dem sprachlosen Wollhändler vor das Gesicht.

Der Kiepenkerl schwörte, dass er es nicht gestohlen hätte, und dass ihn jemand hereingelegt haben musste. Der Richter aber brüllte ihn an, dass er ein unverschämter Kerl sei, ein Halunke, ein waschechter Dieb und ein Betrüger. Er drohte ihm, dass er ihm seine langen Finger schon kürzer machen und ihm Ehrlichkeit und Wahrheit beibringen würde. Und dabei trat er voll Wut gegen die alte Kiepe, dass das Garn weit im Schnee umherflog.

Der Hausierer fiel auf die Knie. Er flehte um Gnade, und sagte, dass er doch eine Frau und sechs Kinder habe, die er versorgen müsse. Doch der Richter kannte kein Erbarmen und versprach ihm, dass seine Familie ihn am Galgen sehen würde.

Als nach einigen Tagen dem unschuldigen Handelsmann der Strick um den Hals gelegt wurde, kam als letztes Wort ein entsetzlicher Fluch über seine Lippen. Der Richter hörte ihn und wurde auf einmal kreidebleich. Der Wagen, der den unschuldig Gehängten hinausgefahren hatte, brachte den bösen Richter als Leiche nach Hause.

Als die Dorfbewohner den Richter zum Friedhof fahren wollten, zogen die Pferde den Wagen nicht. Was die Menschen auch anstellten, die Tiere blieben stehen. Schließlich holten sie einen frommen Pater. Der betete lange und sprach immer wieder einen Segen aus, bis sich endlich die Pferde mit der schweren Last vorwärtsbewegten. Vor dem Friedhof blieben die Tiere wieder stehen und konnten nicht weiter. Der Pater musste zum zweiten Male beten und segnen. Erst dann konnten die Pferde die überaus schwere Last unter großer Anstrengung an den Grabrand zerren.

Die Dorfbewohner waren erleichtert, dass der ungerechte Richter nun nicht mehr unter ihnen weilte. Doch der böse Geist aber wich nicht aus dem Zimmer, in dem der Richter gewohnt hatte. In jeder Nacht rumorte und polterte er so laut, dass kein Mensch im Hause schlafen konnte. Da musste der Pater noch einmal kommen. Nachdem er lange gefastet, gebetet und die Menschen gesegnet hatte, gewann er Macht über den unruhigen Geist. Er bannte ihn in ein Fass, das oben keinen Deckel und unten keinen Boden hatte, und ließ ihn an der tiefsten Stelle der Becke in den dunklen Grund versenken.

Wenn jedoch ein Mensch in der Abenddämmerung den Moosweg an der Becke hinauf wandert und alles still in Wald und Flur ist, dann kann er ganz deutlich hören, wie der verdammte Richter unter heftigem Stöhnen Wasser in das bodenlose Fass schöpfen muss, für immer und ewig.

 **Quellen**

Joseph Kellner: Der ungerechte Richter. In: Heimatkalender der Herrlichkeit Lembeck. Dorsten 1926, Seite 61–62.

Hugo Hölker: Der ungerechte Richter. In: Dorsten Geschichten. Dorsten 2000. Seite 53–54.

Fluch über Schloss Lembeck

Es gab mal eine Zeit, in der harmlose Frauen als Hexen beschuldigt wurden. Wenn eine Kuh krank wurde, wenn es eine Missernte gab oder wenn ein Unwetter ein Haus zerstörte, wurde es ihnen angelastet. Durch diesen Hexenwahn und die Hexenverfolgung wurden alle Menschen in Angst und Schrecken versetzt. Zu der Zeit hatte der Graf des Schlosses die Gerichtsbarkeit inne. Er war für Machtbesessenheit und Streitlust bekannt und kannte keine Gnade. Deshalb wählte er auch das Nesselblatt auf rotem Grund zu seinem Wappen, das sollte jeden warnen, es nicht zu versuchen, sich mit ihm anzulegen. Er verdiente gut an den Hexenprozessen und verlor dadurch den Blick für Gerechtigkeit und Menschlichkeit.

So wurden im Lembecker Hexenkolk, der beim Zusammenfluss der Schlossgräfte mit dem Wienbecker Mühlenteich lag, die gefürchteten Wasserproben durchgeführt. Die Verdächtige wurde gefesselt und in dem Hexenkolk geworfen. Schwamm sie oben, war sie der Hexerei überführt und wurde zum Tode verurteilt. Ging sie unter, wurde sie freigesprochen. Doch das nützte ihr nichts, denn sie lebte ja nicht mehr.

Diesem angeblichen Gottesurteil mussten sich vor allem viele Frauen unterziehen. Aber eines Tages wurde ein betagter Mann der Hexerei verdächtigt. Da er nicht im Wasser versank, galt er als schuldig. Er wurde im Deifskeller, in dem Verlies des Lembecker Schlosses, eingekerkert. Dort schmachtete er sieben Jahre lang. Mehrmals verfluchte er lautstark die Schlossherren.

Der Fluch des Mannes hatte seine Wirkung gezeigt. Der Schlossherr bekam keine männlichen Erben, sodass das Schloss durch die Heirat der ältesten Tochter in andere Hände kam.

 **Quelle**

Dietmar Sauermann: Fluch über Schloss Lembeck. In: Dietmar Sauermann, Sabine Greilich: Sagenhafte Stätten, Ein Begleiter durch die Sagenwelt Westfalens, Münster 1993, Seite 50.

Das Steinkreuz in der Bauerschaft Beck

Wie in all den Jahren vorher, so wollte man auch vor langer Zeit in der Bauerschaft Beck das Schützenfest nach alter Tradition feiern.

Am Sonntagnachmittag hatten die Bewohner am nördlichen Ende der Bauerschaft auf Wecks Berg die Vogelstange aufgerichtet und auf ihr den aus Holz geschnitzten Vogel unter den Klängen der Ziehharmonika aufgesetzt. Am nächsten Morgen zogen dann die Schützen mit ihren Donnerbüchsen zur Vogelstange, um den Vogelschuss unter der Einnahme von reichlich Zielwasser zu wagen. Jeder Schütze war bestrebt, den Vogel abzuschießen, denn aus der Königswürde erwuchsen ihm keinerlei geldliche oder gesellschaftliche Verpflichtungen. So war jeder Schütze bemüht, den besten Schuss abzugeben.

Besonders eifrig waren die erstmals am Vogelschießen teilnehmenden Jünglinge. Jedoch zeigte das Zielwasser bei ihnen frühzeitig seine Wirkung. Ihr Übermut musste dann von den älteren Schützen in Grenzen gehalten werden.

Nach dem Königsschuss zogen die Burschen unter Gesang und Musik auf die einzelnen Bauerngehöfe. Jeder Hofbesitzer hatte den Schützen ein Huhn als Freiwild freizugeben, auf das dann geschossen wurde. Das letzte Huhn wurde auf dem Hof des neuen Schützenkönigs geschossen. Hier war es die Aufgabe der Mädchen, die Hühner zu rupfen und dann das Königsessen zu bereiten.

Die Männer und die jungen Burschen vertrieben sich die Zeit bis zum Essen mit allerlei Späßen. Dass dabei der Schnaps immer wieder die Runde machte, bedarf keiner besonderen Erwähnung.

Das Königsessen wurde dann gemeinsam mit den Damen an langen auf der Tenne aufgestellten Tischen eingenommen. Neben den gebratenen Hühnern wurde selbstverständlich auch westfälischer Schinken aufgetischt. Es wurde so lange gegessen bis auch der letzte Rest verzehrt war, denn die Besucher sagten sich, dass sie sich besser den Magen verderben wollten, als das Essen verderben zu lassen. Nach dem Essen wurden die Tische weggeräumt und die Tenne mit Häcksel geglättet. Junge und alte Besucher tanzten in Holzschuhen zu volkstümlicher Musik die alten Bauerntänze bis zum ersten Hahnenschrei.

Als nach dem Königsschuss die angeheiterte Schützengilde auf Hürlands Hof ankam und den ersten Begrüßungsschnaps getrunken hatte, holte der Hofbesitzer Gerhard Bernhard Hürland das den Schützen zustehende Huhn aus dem Stall.

Der Jüngling Josef Kleine Dalhaus brannte darauf, mit seiner geladenen Donnerbüchse auch endlich einmal ein Huhn erlegen zu können. Als er ausholte, das Huhn in die Luft zu werfen, krachte auch schon der Schuss aus seiner Büchse. Tödlich getroffen sank der Hofbesitzer zu Boden. In panischem Schrecken flüchtete Josef. Einige Zeit später stellte er sich aber reumütig. Wie die alten Chronisten berichteten, soll danach auf der Beck kein Schützenfest mehr gefeiert worden sein.

Zur Erinnerung an diesen Unglückstag errichtete man an Hürlands Hof ein Gedenkkreuz, das aber nach einer Erneuerung etwas versetzt vom Unfallort wiedererrichtet wurde.

Was sich wirklich an jenem Unglückstag zugetragen hat und wer die beteiligten Personen waren, war im Verlaufe der Zeit vergessen worden.

Durch Familienforschung und weitergehende Recherchen konnte die Geschichte dieses Kreuzes belegt werden.

Der Unglücksschütze Josef Kleine-Dalhaus heiratete acht Jahre später eine Witwe in Lippramsdorf.

 **Quelle**

Manfred Steiger: Hürlands Kreuz in der Bauerschaft Lembeck-Beck. In: Edelgard Moers, Heike Wenig (Hrsg): Hier bei uns. Dorstener Geschichten. Band 4. Dorsten 2014. Seite 95–98.

Die Hexenbuche

An der Grenze von Lembeck nach Reken, in der Nähe der Bauerschaft Specking, stand einmal eine Hexenbuche. Sie war an ihrem verkrüppelten Wuchs, den miteinander verwachsenen Ästen und an ihrem kurzen gedrehten Stamm zu erkennen. An dieser Stelle trafen sich vor langer Zeit um Mitternacht mehrere Hexen. Sie brauten ganz besondere Flüssigkeiten aus Kräutern, die sie tranken, und sie tanzten und lachten. Es waren keine bösartigen Wesen, die mit dem Besen durch die Luft flogen und mit dem Teufel verbündet waren. Vielmehr waren es friedliebende und gütige Frauen, die das Wohl der Menschen in der Region im Sinne hatten. Sie kannten alle Pflanzen und berichteten bei ihren Treffen von der Heilkraft. Tagsüber gingen sie als Bäuerinnen auf den Markt und verkauften ihre Heilkräuter.

Einmal hatte die Tochter des Grafen starke Schmerzen. Sie kam nicht zur Ruhe. Ihr Stöhnen und Jammern drang durch die Räume und Fenster. Ein herbeigerufener Medicus machte einen Aderlass und ließ Blut aus ihrem Arm abfließen. Er glaubte, dass so die Krankheit den Körper verlassen würde. Doch es half nichts. Das Mädchen jammerte weiter, wurde immer magerer und schwächer.

Bei den Hexen sprach sich herum, dass es dem Mädchen nicht gut ging. Aber niemand kannte die Ursache. Eine der Hexen verkleidete sich als Bäuerin und machte sich auf den Weg zum Schloss. Sie klopfte an das Tor und erzählte, dass sie Kräuter hätte, die der Tochter des Grafen helfen könnten.

Die Hexe wurde vom Diener zum Grafen geführt und dieser ließ sie sofort zu seiner Tochter. Sie schaute sich das Gesicht, die Haut und den Körper genau an, um herauszubekommen, welche Ursache die Schmerzen haben könnten. Als sie einen Verdacht hatte, ließ sie einen Tee mit einigen ausgewählten Kräutern aufbrühen und einige Zeit ziehen. Dann flößte sie dem Mädchen löffelweise das Getränk ein. Sie wartete eine Weile. Dann ließ sie noch einmal einen Tee mit neuen frischen Kräutern kochen. Auch diesmal gab sie dem Mädchen das Getränk in kleinen Schlucken. Nun schaute sie die Augen des Mädchens an. Dann sagte sie dem Grafen, dass es seiner Tochter morgen besser gehen würde. Tatsächlich war es so, und das Kind hatte keine Schmerzen mehr. Dieses Wunder sprach sich im Dorf herum.

Eine missgünstige Dienstmagd hatte die Hexe auf dem Markt wiedererkannt. Sie wollte Nachforschungen über die Heilkünste der Frau anstellen und schlich ihr hinterher. Die Hexe lief direkt zur Buche, weil sie dort um Mitternacht mit den anderen zusammenkommen wollte. Sie braute bereits ein Getränk, als die anderen eintrafen. Der Reihe nach berichteten sie von ihren Erfahrungen mit den Heilkräften der Kräuter. Die Dienstmagd hörte hinter einem Baum neugierig zu und ging dann noch einen Schritt vor, um sie besser verstehen zu können. Auf einmal knackte ein Ast unter ihren Füßen, und sie wurde von den Hexen entdeckt.

Seit dieser Zeit entschieden sich die Hexen für eine andere Buche, an der sie sich nun regelmäßig trafen.

Als am nächsten Tag ein Bauer mit seinem Gespann aus der Bauerschaft Specking nach Reken fahren wollte, wunderte er sich. Denn auf seinem Weg kam er normalerweise an der Hexenbuche vorbei. Doch der Baum war wie vom Erdboden verschwunden.

 **Quelle**

Edelgard Moers: Die Hexenbuche. Unveröffentlicher Text. Dorsten 2022.

Der Heidekönig

Zwischen Vorholt und Brink in einem der braunen Hügel, wo heute dunkle Kiefern träumen, da ruht der letzte König der Heiden. Welcher Hügel es sein mag, das lässt sich nicht mehr herausfinden. Es ist gut, dass die Menschen es nicht wissen. Sonst hätten schon längst Räuber nach dem Sarg mit dem Gold gegraben, in dem der Heidenkönig seit Jahrhunderten schlummert. Und dann wäre es aus mit der Ruhe.

Wer den Zauber spüren möchte, der besteige einen Hügel zur Nachtzeit, wenn der Mond durch das Geäst der Kiefern geistert und aus den Schluchten und Gründen des Waldes verworrene Laute klingen. Dann mögen wohl die Geister der Ahnen zu einem sprechen, und die Kobolde, Zwerge und Feen ihr geheimnisvolles Raunen vernehmen lassen. Und aus all ihrem Flüstern und Zischeln und Plaudern wird man immer wieder die Worte heraushören, in dem der ganze Glanz der Vergangenheit ruht: Es war einmal.

Ja, es war einmal vor sehr langer Zeit. Da schritten durch diese Gegend die heidnischen Sachsen zu ihrer Opferstätte. Hell und weit leuchteten die Opferbrände, wie wir sie heute als Osterfeuer kennen. Manches Pferd der Sachsen, das noch nie einen Reiter getragen hatte, verblutete auf dem Opferstein zur Ehre Wodans und zum Wohle der Heiden.

So vergingen Jahrhunderte, und die Opferfeuer brannten wie eh und je.

Da kam Kaiser Karl aus dem Frankenland und wollte in dem Gebiet der Sachsen das Christentum einführen. Die Opferfeuer wurden von nun an als Teufelszeug angesehen und bei Todesstrafe verboten. Nur die Botschaft des Kreuzes sollte von nun an gelten. In jahrelangen Kämpfen wehrten sich die Sachsen gegen die Macht des Kaisers und des Christenkreuzes. Doch Karls Schwert war scharf und die Macht der Christen stärker als die von Wodan.

Noch einmal bäumten sich die Sachsen auf. Der Heidenkönig rief sein Volk zum Kampf gegen das christliche Heer des Kaisers auf. Es kam zu einer blutigen Schlacht. Mit Wut und Verbitterung stürzten sich die Heiden auf das fränkische Heer, allen voran die Hünengestalt ihres Königs. Manch ein Franke sank unter seinen wuchtigen Schlägen nieder. Aber auch das fränkische Heer ließ es an Mut und Tapferkeit nicht fehlen. Hunderte von verletzten und getöteten Kämpfern bedeckten den Boden.

Da durchbohrte plötzlich ein Pfeil das Herz des Heidenkönigs. Mit einem Fluch gegen die Franken und den Christengott sackte er zusammen. Sein Heer war mit dem durchbohrten Helden auf dem Rücken aus dem Schlachtgewühl davon gejagt. Die flüchtenden Heiden mit ihrem verbluteten König hielten schließlich auf einem Heidehügel an.

Dort betteten sie ihn zur letzten Ruhe. Den Goldschmuck, den er an sich trug und ihren eigenen legten sie ihm mit ins Grab. Sie bedeckten die Stelle mit Moos und Zweigen, damit niemand die Schätze findet. So ruht er nun von Gold bedeckt schon über tausend Jahre im stillen Hügelland von Wessendorf.

Wer also heute durch die Brinker Heide oder durch den Wessendorfer Elwen wandert, der sollte sich des geschichtsträchtigen Ortes bewusst sein und ein wenig über die vergangenen Zeiten nachdenken.

 **Quellen**

Robert Komatzki: Das Grab des letzten Heidenkönigs in Wessendorf. In: Heimatkalender der Herrlichkeit Lembeck. Dorsten 1927, Seite 29.

Peter Bertram: Die Sage vom Heidekönig. In: Edelgard Moers (Hrsg): Andere Dorstener Geschichten. Band 3. Dorsten 2005. Seite 152 ff.

Der Hauert

In alter Zeit standen die Menschen noch in inniger Wechselbeziehung mit der Natur und der Geisterwelt. Infolgedessen sahen und hörten sie auch mehr geheimnisvolle Dinge, als die modernen Menschen in unserem Zeitalter.

Wo heute die Straße von Borken nach Haltern durch die Bauerschaft Specking führt, war früher ein alter Wall. Dieser bildete mit seinen knorrigen Eichen und Buchen und dem dichten Dorngestrüpp eine feste Wehr gegen Keiler und Wildsauen. Hier waren Wildschweine in besonders großer Zahl vertreten, denn noch heute heißt die Stelle Hauert.

Im Hauert war es nicht ganz geheuer. Um Mitternacht liefen hier wilde Schweine mit eisernen Borsten und glühenden Schwänzen umher, grunzten fürchterlich und verscheuchten die Menschen, die es wagten, um die Geisterstunde die Stelle zu betreten.

Es trug sich zu, dass ein Mann vom Böckeboom in Reken nach Specking ging. Es war Mitternacht, düstere Wolken zogen am Himmel hin, und der Sturm heulte, als wäre die wilde Jagd los. Als der Mann seinen Fuß über den Hauert setzte, hörte er plötzlich ein wüstes Stampfen und Brechen. Bei näherem Zusehen traute er kaum seinen Augen. Was er sah, schien der leibhaftige Teufel zu sein. Wilde Eber mit eisernen Borsten und glühenden Schwänzen kamen, unheimlich grunzend, auf ihn zu.

Der Mann aufs höchste erschreckt, lief in wilder Hast davon. Er war heilfroh, als er an ein Haus kam, in dem noch eine Lampe brannte. Auf sein heftiges Klopfen und ängstliches Rufen öffnete ihm der Hausbewohner die Tür. Diesem erzählte er in sichtlicher Erregung, was ihm begegnet war. Er war der erste, der die Ungeheuer zu Gesicht bekam und davon zu berichten wusste.

 **Quellen**

Richard Komatzki: Vom Hauert. In: Heimatkalender der Herrlichkeit Lembeck. Jahrgang 1928. Seite 109.

Hugo Hölker: Die Sage vom Hauert. In: Lembecker Geschichten, Seite 121.

Hugo Hölker: Die Sage vom Hauert. In: Edelgard Moers (Hrsg): Dorstener Geschichten. Dorsten 2000. Seite 57.

Rhade und die heiligen Ewalde

Im Folgenden soll berichtet werden, wie die Rhader Christen bei der Kircheneinweihung auf dem Stuvenberg zu den Heiligen Ewalden als Kirchenpatrone kamen. Viele Jahre ist das her. Die Kirche, ein moderner Bau, hatte im Gemeindeleben einen festen Platz gefunden. Weil die Besucherzahlen zurückgingen und das Geld für die Unterhaltung des Gotteshauses immer knapper wurde, dachten der Pfarrer und der Kirchenvorstand darüber nach, ob nicht eine Schließung und Veräußerung des sakralen Bauwerkes infrage käme.

Die heiligen Ewalde, der schwarze und der weiße Ewald, wie sie genannt wurden, waren zwei angelsächsische Priester-Mönche, die 695 n. Chr. von England über die Niederlande, der Überlieferung nach über Bocholt, Rhedebrügge ins Münsterland kamen. Darüber gibt es allerdings unterschiedliche Auffassungen. Einige sagen auch, dass sie von Xanten, den Rhein überquerend die Lippe entlang gekommen sind und dann dort missioniert haben. Der erstgenannte Weg von Bocholt über Rhedebrügge, Heiden bis nach Laer, zum Kreis Steinfurt gehörend, wird jedenfalls durch eine Kette sich aneinanderreihenden Legenden gestützt. Das war für Rhade wichtig, denn eine der Legenden berichtet von einem Versuch sächsisch-heidnischer

Gewalthaber, die beiden Missionare in einer kultisch geprägten Opferhandlung im Kranenmeer zu versenken. Ja, und diese Örtlichkeit liegt unmittelbar nördlich der Gemeindegrenze, die Rhade von Heiden trennt.

Die Überlieferung berichtet das Ereignis wie folgt: Bei den Franken, die hier wohnten, kamen die beiden Ewalde gut an, weil sie das Christentum bereits kannten. Anders die sächsischen Herren des Landes, die als Eroberer zwei Generationen zuvor hierhergekommen waren. Sie nahmen die beiden Ewalde gefangen, legten sie in Fesseln, um sie im Rahmen einer Opferhandlung, ihren Göttern dargebracht, vom Leben zum Tode zu befördern. Doch dazu kam es nicht, denn der Gott, den sie verehrten, hielt seine schützende Hand über sie. Am Kranenmeer angekommen, brach urplötzlich ein gewaltiger Sturm los, der die Sanddünen dieser Gegend aufwirbelte, begleitet von einem nicht enden wollendem Gewitter. Die Oberpriester, die im Sturm die rächende Hand eines mächtigen Gottes zu erkennen glaubten, ließen die Gefangenen wo sie waren, um fluchtartig das Kranenmeer zu verlassen. Die beiden Ewalde fanden schon bald helfende Hände, die sie befreiten, worauf sie sich auf den Weg durch das weitere Münsterland bis nach Laer machten, wo sie überall den Heiland Jesus Christus verkündeten. Unterwegs stießen sie wieder auf fanatische Christen-Gegner. Des Nachts wurden sie auf einem Bauernhof überfallen und meuchlings ermordet. Wie die Legende weiter berichtet, wurden sie in die Lippe geworfen und später an der Einmündung in den Rhein gefunden. In der St. Kunibert-Kirche in Köln wurden sie aufgebahrt und anschließend bestattet. Dort finden sich an bestimmten Gedenktagen noch heute gläubige Christen ein, die sie verehren.

 **Quelle**

Fritz Oetterer: Rhade und die heiligen Ewalde. In: Edelgard Moers, Heike Wenig (Hrsg): Hier bei uns. Dorstener Geschichten. Band 4. Dorsten 2014, Seite 107–108.

Der Glückstaler

Als es noch keine festen Straßen und keine Eisenbahn gab, lebte in Rhade ein Krämer, der hieß Konrad. Mit einer Schubkarre musste er jeden Freitag seine Waren aus Wesel holen. Sein Handel warf nicht viel ab. Darum machte er den Weg zu Fuß und nahm die Richtung über Üfte.

Eines Abends, es war später geworden als gewöhnlich, da kam er auf dem Heimweg mit seiner beladenen Schubkarre durch die Heide. Auf einmal sah er oben auf seinen Waren einen Schatten sitzen. Immer schwerer wurde die Last, und Konrad musste sich sehr anstrengen. Die Schweißtropfen rollten ihm vom Kopf bis auf den Sandboden.

Endlich, bei Schulte Huxel, sprang der Schatten von der Karre wieder herunter, und Konrad fiel ein Stein vom Herzen.

Als er seine Waren zu Hause ablud, stockte ihm der Atem. Zwischen den Kisten und Säcken fand er einen blanken Taler. Konrad drehte ihn hin und her und betrachtete ihn von allen Seiten. Dann ging ihm ein Licht auf. Er war davon überzeugt, dass es der Fahrpreis des Homännchens war und ihm Glück bringen sollte.

Wie einen Schatz verwahrte er seinen Glückstaler im Kasten. Und eigenartig, er brauchte ihn nie auszugeben, weil seine Geschäfte so guten Gewinn erbrachten. Bald konnte er sich sogar ein Pferd und einen Wagen leisten.

 **Quelle**

Joseph Kellner: Der Glückstaler. In: Heimatkalender der Herrlichkeit Lembeck. Jahrgang 1962. Seite 20.

Wie das Kranenmeer entstand

In der Rhader Heide lebte einmal der Kranenbauer. Er war ein reicher Mann, aber hielt nichts von Gott und vom Kirchgang am Sonntag. Stattdessen ackerte er im Feld nach eigener Laune und jagte im Walde, wann es ihm gefiel, selbst wenn die Leute an den höchsten Feiertagen zur Kirche gingen. Einmal versuchten die Nachbarn, ihm den Kopf zurechtzusetzen und erzählten ihm von Gottes Strafgericht. Da lachte er sie aus und verhöhnte Gott.

Noch in der gleichen Stunde zog ein schweres Gewitter in die Heide. Der Tag wurde zur Nacht, und der Regen entwickelte sich zu einem wahren Wolkenbruch. In den Gräben kullerte und kollerte es, als wären alle Höllengeister darin und wollten die Erde von unten aufwühlen. Der Bach konnte das Wasser nicht mehr halten und stieß die Ströme zurück ins Land, ins offene Feld, in den Busch und in den Wald. Das Haus des gottlosen Bauern stand augenblicklich wie eine Insel in der Flut, noch stark und protzig wie der Bauer selbst. Aber unter den Gebäuden des Hofes bohrten sich die wilden Wasserschlangen in alle Mauselöcher, weichten den Boden auf und wälzten den Schlamm in die Niederung fort. Die Grundmauern sackten ab, die Wände und Dächer brachen zusammen und begruben alles an Hab und Gut unter sich. Die wogende Wasserflut riss die Trümmer hinunter in die Tiefe, und das Haus verschwand im gurgelnden, brodelnden See. So ging der Kranenhof unter, und das Kranenmeer war entstanden.

Heute ist ein Kranz von Schilf um den einsamen Heidesee gewachsen. Die Spiegelbilder der dunklen Kiefern verdüstern das Wasser. Darin zu baden gilt als gefährlich. Dennoch hat ein tüchtiger Schwimmer ihn einmal durchquert, und dabei will er mit seinem Fuß an einen Balken gestoßen haben. In der Mitte des Kranenmeeres soll noch eine Treppe stehen. Wer ein Geldstück in den See wirft, so sagen die Leute, kann das Klingeln in der Pfanne hören, die der Kranenbauer am Sonntag für seinen Wildbraten gebraucht hatte.

 **Quelle**

Josef Kellner: Die Entstehung des Kranenmeeres. In: Heimatkalender der Herrlichkeit Lembeck und Stadt Dorsten. Dorsten. Jahrgang 1963. Seite 30.

Geheimnisvolles Kranenmeer

Zwischen den Dörfern Rhade und Heiden, am Rande der Herrlichkeit Lembeck, gab es einmal das sagenumwobene Kranenmeer. In den Tiefen des Gewässers lebten Wasserjungfrauen. Angeblich sollen sie früher einmal als Menschen auf der Welt gewesen sein. Doch wegen der Boshaftigkeit vieler Bewohner zogen sie sich in das Wasserreich zurück, wo sie in Frieden leben konnten.

Die geisterhaften Wesen hatten blaugrüne Augen und ihre Haare waren golden, aber sie konnten sie auch grün, blond, braun, blau und rot färben. Sie verbrachten unten im Kranenmeer in ewiger Jugend und Schönheit ihr Leben, tanzten nachts in den Wellen und sangen im hellen Mondschein bedrückende Lieder voller Sehnsucht und Herzeleid. Sie wollten so lange singen und tanzen, bis sie alle bösen Menschen auf der Welt zu sich in ihr Wasserreich gelockt hatten. Doch der Gesang klang so ergreifend, dass auch friedliche Bürger, die des Weges kamen und die Stimmen hörten, sich freiwillig auf Nimmerwiedersehen ins Wasser ziehen ließen.

Es kam einmal vor, dass eine der Frauen Menschengestalt angenommen hatte. Nachdem sie sich heimlich unter die Menschen gemischt hatte, passierte es, dass sie sich in einen jungen Grafen verliebt hatte. Von nun an lebte sie als das zarte Edelfräulein Hildburg. Die Braut war so schön, dass die Menschen am Hofe gar nicht glauben konnten, sie sei ein Menschenkind. Das Glück hielt jedoch nicht lange, denn das Edelfräulein starb auf unerklärliche Weise schon wenige Tage nach der Hochzeit. Der Graf war über den Tod seiner geliebten Frau untröstlich und lief in seinem Schmerz immer wieder durch den Wald und über die Felder.

Als er eines Tages am Kranenmeer ankam, sah er seine verstorbene Frau Hildburg als singende Königin unter den tanzenden Wasserjungfrauen. Er war völlig ergriffen und wollte ohne sie nicht mehr wieder nach Hause. Was ihm dort geschehen war, wusste niemand zu berichten. Aber seit der Zeit ist der junge Graf verschwunden.

 **Quelle**

Edelgard Moers: Das Kranenmeer. In: Edelgard Moers, Heike Wenig (Hrsg): Hier bei uns – Dorstener Geschichten – Band 4. 2014. Seite 149–150

Der erste Weihnachtsbaum

Wenn die Dorstener Bürger alljährlich zur Weihnachtszeit einen Nadelbaum ins Zimmer tragen und ihn schmücken, dann fragen ihre Kinder oft neugierig nach der Bedeutung des Baumes und des Baumschmucks. Im Elternhaus und in der Schule bekommen sie Antworten und erfahren, dass das Aufstellen des Tannenbaumes ein alter und typisch deutscher Brauch ist, aber in Dorsten lange Zeit nicht anerkannt wurde.

Schon die heidnischen Germanen holten vor mehr als zweitausend Jahren in den Raunächten vom 25. Dezember bis zum 6. Januar immergrüne Zweige ins Haus. Sie wollten damit die bösen Dämonen vertreiben. Unsere Vorfahren glaubten, dass Geister und Unholde in der kalten Zeit gern ihr Unwesen treiben und Erkältungen und Krankheiten über die Menschen bringen. Sie waren davon überzeugt, dass die immergrünen Zweige Zauberkraft besitzen und Dämonen oder Krankheiten fernhalten würden. Die Menschen wollten die freundlichen Waldgeister für sich gewinnen und boten ihnen durch das Aufhängen der Zweige von der Eibe, vom Buchsbaum, der Fichte, der Tanne, dem Wacholder oder der Kiefer eine Zuflucht vor dem Winter an.

Durch die immergrünen Zweige sollten neue Lebenskraft, Unsterblichkeit und Fruchtbarkeit in die Häuser kommen. Die Germanen hängten das Grün an die Zimmerdecke, über den Türeingang oder in die Ecken, wo sich ihrem Glauben nach die Geister am liebsten aufhielten.

Als sich die Bewohner immer mehr vom Geisterglauben abwandten und sich Schritt für Schritt zum Christentum bekannten, verzichteten sie jedoch nicht auf die grünen Tannenzweige im Winter. Im Mittelalter schmückten sie in der Zeit von Advent bis zum Dreikönigstag die Eingänge der Häuser, Kirchen und Gasthöfe damit. Die oft zu Girlanden gebundenen Zweige sollten Lebenskraft bewahren, Glück bringen und Gefahren fernhalten. Das unveränderliche Grün war aber auch ein Zeichen dafür, dass Jesus wie eine zarte Pflanze aufblühen und immer grün bleiben würde, lebendig bis in alle Ewigkeit.

Mit Erhalt der Stadtrechte in Dorsten im Jahre 1251 durften die Menschen ihre Stadt durch eine Stadtmauer eingrenzen und befestigen. Die Stadt wurde nun wie eine Burg gesichert. Die Menschen, die dort lebten, nannten sich Bürger und waren meist Handwerker und Kaufleute. Die Bauern lebten vor den Toren. Sie durften sich nicht Bürger nennen und waren abhängig von den reichen Lehnsherren, denen sie einen Teil ihrer Ernte abgeben mussten.

Während dieser Zeit veränderte sich dieser Weihnachtsbrauch. Den Menschen reichten die kleinen Zweige nicht mehr aus und sie holten ganze Nadelbäume ins Haus. Die katholische Kirche lehnte jedoch lange Zeit den Tannenbaum als heidnischen Brauch ab und erlaubte nur das Aufstellen von Krippen, die immer prachtvoller wurden. Aber einzelne Familien in der Umgebung hielten an dem lieb gewordenen Baum fest, der vor allem den Kindern Freude bringen sollte. Sie schmückten ihn mit Lebkuchen, Nüssen, Äpfeln, Papierrosen und setzen den Verkündigungsengel oder einen Stern auf die Spitze. So wurde er zum Weihnachtsbaum und zum Symbol Christi. Martin Luther erklärte ihn im sechzehnten Jahrhundert zum Weihnachtssymbol der Protestanten. Doch die ausschließlich katholische Bevölkerung in Dorsten und besonders die Franziskaner wehrten sich entschieden gegen alle Lehren des großen Reformators. Die Geschichte der tapferen Frauen zeigt anschaulich, wie sehr die Dorstener ihre Glaubenshaltung verteidigten.

Die Schiffsbauer und andere Handwerker führten die Stadt Dorsten mittlerweile zu Wohlstand und zu einem guten Ruf. Durch den regen Handel und Austausch mit anderen Städten trugen die Handwerker auch zur Verbreitung des Brauchtums bei. Der Weihnachtsbaum war zwar schon in Dorsten bekannt. Aber ob die Dorstener Bürger ihn auch ins Haus holten, ist nicht bekannt. Es gibt heute keinen Hinweis darauf. Im benachbarten Schermbeck jedoch stellten ihn Handwerkerfamilien in die gute Stube und behängten ihn mit Äpfeln und Süßigkeiten. Da die Kinder am Dreikönigstag die Leckereien abschütteln durften, nannten sie ihn Schüttelbäumchen.

Dieses Schüttelbäumchen lässt sich symbolisch auch vom Baum der Erkenntnis im verlorenen Paradies ableiten. In alten Kalendern finden sich am 24. Dezember die Namen „Adam und Eva" und „Heiligabend". Vom 24. zum 25. Dezember trennen sich danach theologisch Altes und Neues Testament. Da der 25. Dezember als Tag der Geburt des Erlösers gefeiert wurde, lag es für Menschen in verschiedenen Gegenden nahe, den vorausgehenden Tag zum Gedächtnistag Adams und Evas zu erklären. Sie wollten die Adam-Christus-Typologie im Kalendersystem darstellen, denn nach dem Sündenfall kam die Dunkelheit über die

Menschen und Jesus brachte ihnen schließlich das Licht zurück oder anders ausgedrückt: Was durch Eva verloren ging, brachte Maria wieder zurück. Da in der Bibel die Gattung des Erkenntnisbaumes nicht angegeben ist, wählten die Menschen den heimischen Apfelbaum aus und der Apfel symbolisierte die verbotene Frucht. Doch am 24. Dezember trug ein Apfelbaum keine Früchte und so errichteten sie zur Veranschaulichung des Erlösergeschehens mit Hilfe einer immergrünen Tanne einen Sündenfallbaum mit roten Äpfeln und Süßigkeiten, den die Kinder dann am Weihnachtstag abschütteln durften. Sie nannten den Ort, an dem sie den Christbaum aufstellten sogar Paradies. Die katholische Kirche wehrte sich, diesen Sündenfallbaum als Weihnachtsbaum anzunehmen. Erst als er zum Christbaum wurde, blieb das Naschwerk bis zum Dreikönigstag hängen und durfte dann von den Kindern geplündert werden.

Später schmückten die Menschen den Christbaum schließlich mit Kerzen. Dieser Lichterbaum war zuerst beim Adel und beim Bildungsbürgertum zu finden. Mitunter bekam sogar jedes Familienmitglied einen eigenen Baum, die Kinder je einen kleinen und die Eltern je einen großen. Das sollte auch als äußeres Zeichen für die Vornehmheit der Familien gelten. Die Bauern verschönerten ihren Tannenbaum weiter mit Äpfeln, Nüssen und Gebäck, denn Kerzen waren sehr teuer und viel zu gefährlich für die niedrigen Zimmerdecken aus Holz.

In dieser Zeit entstanden in Deutschland die Lieder „Am Weihnachtsbaum die Lichter brennen", „Morgen, Kinder wird's was geben" und „Der Christbaum ist der schönste Baum". Ernst Anschütz erweiterte das Lied „Oh Tannenbaum", zu dem viele Jahre vorher schon Joachim August

Zarnack den Text verfasste, um die Strophen, die Große und Kleine heute singen.

Die Westfalen sangen am liebsten:

O Dannebom, o Dannebom, du drägst ne grönen Twig, den Winter, den Sommer, dat doert de lewe Tid.

Worum schold ick nich grönen, da ick noch grönen kann? Ick hebb nich Vader un Moder, de mich versorgen kann.

Un de mi kann versorgen, dat is de lewe Gott, de leet mi wassen un grünen, drum bin ick slank un grot?

Als die Soldaten aus dem deutsch-französischen Krieg zurückkehrten, wurde der Christbaum auch in Dorsten zum wichtigen Bestandteil des Weihnachtsfestes. Das Schmücken war ein ganz besonderes Ritual, für das sich die Familienmitglieder viel Zeit nahmen. Durch das gemeinsame Anfertigen des Schmucks breitete sich schon eine große Vorfreude auf das Weihnachtsfest aus.

Mit dem Ende des Schiffsbaus endete auch der Wohlstand der Stadt Dorsten. Das Einkommen der Bürger war nicht mehr so hoch wie früher. Die Bauern erlebten mehrere Missernten und waren einer Hungersnot nahe. Viele Familien innerhalb und außerhalb der Stadtmauern konnten sich in dieser Zeit gar keinen echten Baum mehr leisten und fertigten ein Holzgestell an, das sie jedes Jahr wiederaufbauen konnten.

Doch der Nadelbaum war nicht mehr wegzudenken. Bald stand die erste Verkaufsanzeige für Christbäume im Dorstener Wochenblatt, und vor Weihnachten wurden eintausend Tannenbäume aus dem Sauerland nach Dorsten geliefert.

Im ersten Weltkrieg kamen Soldaten aus allen Gegenden des Landes zusammen, pflegten auch an der Front dieses Brauchtum und brachten es mit nach Hause. Dadurch wurde der Weihnachtsbaum selbst in den kleinen Dörfern des Landes zum Mittelpunkt des Heiligen Abend. Unter ihm lagen die Geschenke, und vor ihm versammelte sich die gesamte Familie, um miteinander zu feiern.

Heute steht er bunt geschmückt nicht nur in den Wohnungen, Büroräumen und Schulen, sondern auch in und vor allen Kirchen in Dorsten. Lichter symbolisieren das in Bethlehem geborene Licht der Welt, das uns Hoffnung auf einen Frieden in der Welt gibt. Sterne, Holzfiguren, Kugeln, Glocken, Ketten, Nüsse, Lametta und Engelhaar haben eine eigene überlieferte christliche Bedeutung.

 **Quelle**

Edelgard Moers: Der Weihnachtsbaum im Wandel der Jahrhunderte. In: Heimatkalender der Herrlichkeit Lembeck und Stadt Dorsten, Jahrgang 2000. Seite 146 ff.

Der vergrabene Schatz

Vor langer Zeit herrschte auf der Lippe noch reger Schiffsverkehr. Wenn die Schiffer, die zu beiden Seiten der Lippe die Kähne abwärts bis nach Wesel mit ihren Pferden gezogen hatten und nach Feierabend im alten Wirtshaus an der Balkefurth am Ufer der Lippe bei einem Glas Schnaps zusammen saßen, dann gab es manches zu erzählen.

Einer von den Schiffern, die sogar an Fahrten bis nach Rotterdam teilgenommen hatten, war der Schatzgräber, von dem hier erzählt wird. Er war nicht aus der Gegend. Vermutlich kam er aus Holland. Er war ziemlich weit durch die Welt gekommen und hatte auch an einem Feldzug teilgenommen. Es scheint so, als ob er diesen Feldzug gewissermaßen auf eigene Rechnung durchgeführt hatte, denn er soll einen großen Goldschatz erbeutet und mitgebracht haben. Hier in unserer Gegend war er dann geblieben und hatte die Beute während einer stillen Nacht, als sein Schiff am Kohlhaus festgemacht hatte, oben auf dem gegenüberliegenden Steinberg, wie der nördlichste Teil des Hardtberges bezeichnet wird, vergraben. Es war leicht, die Spuren zu verwischen, da das Fleckchen Erde, das ihm hierfür günstig schien, gerade frisch umgebrochen war. Außerdem merkte er sich ein eindeutiges Erkennungszeichen, sodass ein sicheres Wiederfinden des Schatzes gewährleistet war. Es bestand also keine Gefahr, dass der Schatz anderweitig entdeckt werden konnte. Beruhigt wollte er einige Jahre abwarten. Im Laufe der Zeit würde er gewiss noch einmal unauffällig Umschau halten und den Schatz wieder ausgraben.

So saßen denn nun an diesem stürmischen Herbstabend wieder einmal in der kleinen Wirtsstube an der Balkefurth einige Schiffer zusammen. Es war ein rauer Tag gewesen, und so empfand man es als angenehm, dass man die durchnässten Kleider etwas trocknen konnte. Die Pferde waren untergestellt. Es kam also an diesem Abend nicht auf eine Stunde mehr oder weniger an.

Nur der Holländer, der ein besonderer Kauz war und dessen Reden und Benehmen verrieten, dass er ein Geheimnis hatte, hielt sich an diesem Abend in der Nähe der Tür auf. Die Gespräche der anderen interessierten ihn nicht. Er trank seinen Grog aus und sagte dann, dass er noch zu seiner Aak schauen muss, denn dort hätte er seinen Tabaksbeutel vergessen. Damit war er auch schon verschwunden. In der gemütlichen Runde fiel das gar nicht auf. Nur der Schiffer aus der Kämpe, der neben ihm gesessen hatte, schöpfte Verdacht. Und siehe da.

Der Holländer ging rüber zum Kohlhaus, dorthin, wo er sein Schiff festgemacht hatte. Wiederholt sah er sich um, ob ihm auch niemand folgte. Jetzt stand er an dem Rollpfahl, wo sein Kahn festgemacht war. Hier blieb er stehen und blickte lange zum Eichenwäldchen auf dem Steinberg hinauf. Dort war alles ruhig. Die Gelegenheit schien heute günstig zu sein. Heute würde er den Schatz heben. Dann konnte er ein ruhiges Leben führen.

Schnell sprang er in seinen Kahn und kam mit einem Spaten in der Hand zurück. Schnurstracks eilte er über die

Landstraße und die Schlucht hinauf durch das Eichenwäldchen. Jetzt hatte er das Sommerhaus auf dem Steinberg, das damals zum Kohlhaus gehörte und später auf der Heselmannschen Besitzung stand, erreicht. Er war sich sicher, dass die Schiffer vom Steinberg immer in der Wirtschaft saßen. Einmal schlug ein Hund an, doch dann blieb es ruhig. Auf dem Sommerhaus, wo sonst auch gesellige Gelage stattfanden, war heute alles still. So konnte er seinen Schatz heben, ohne dass er befürchten musste, gestört zu werden.

Nun kam auch der Mond durch die Wolken und beschien genau die Stelle, wo der Schatz liegen musste. Der Holländer wusste genau, vom Rollpfahl des Kohlhauses hatte er zwei Schritte links an dem Birnbaum vorbei gemacht, der neben dem Sommerhaus stand.

Hier begann er nun zu graben, während der Schiffer ihm bis an das Rotdorngebüsch, das das Sommerhaus umgab, nachging und ihn mit Spannung beobachtete.

Der Holländer grub eine ganze Weile. Jetzt war es soweit, dass er jeden Augenblick auf den Schatz, den er in einem Tontopf vergraben hatte, stoßen musste. Schon spürte er einen festen Gegenstand an seinem Spaten. Das musste der Topf sein. Jetzt musste er behutsam arbeiten, um den Topf nicht zu beschädigen. Das Herz des Holländers schlug so heftig, dass er es hören konnte. Aber als er den Schatz gerade heben wollte, merkte er, dass es nur ein Stein war.

Der Holländer grub enttäuscht weiter. Der Schweiß stand ihm auf der Stirn. Der Mond stieg höher und höher, und dem Lauscher wurde allmählich die Zeit zu lang.

Da gab der Holländer das Graben auf und ging den Weg zurück, den er gekommen war. Am folgenden Tag fuhr er mit seinem Kahn wieder lippeabwärts. Er soll seinen Schatz nie gefunden haben. Der Holländer war verschwunden und hat sich bei den Schiffern und im alten Wirtshaus an der Balkefurth nicht wieder sehen lassen.

Der Schatz aber wird wohl noch heute auf dem Steinberg ruhen, wo seit mehr als einem Jahrhundert ein Wald von Kirsch-, Birnen und Apfelbäumen wächst, blüht und Früchte trägt.

Quelle

Gerda Illerhues: Der vergrabene Kriegsschatz. In: Neue Dorstener Geschichten. Dorsten 2002. Seite 80–83.

Das unheimliche Wellken

Das Wellken war ein Sumpfgebiet und lag in der Orthöve. Meterhohes Rohr, breitblättriges Schilf, überragt von kräftigen Erlen und Weiden, kennzeichneten die Stelle, die die Bewohner so manches Mal ins Gruseln brachten. Das Wellken zog alles Leben in seine moorigen Arme und ließ keines der armen Opfer wieder los. Gar manche schreckliche Geschichte vom Wellken wurde erzählt.

Die Bauern in der Orthöve waren lange Zeit in großer Not. Raue Gesellen schlossen sich zu Räuberbanden zusammen und hausten in der Gegend. Sie überfielen immer wieder die Höfe und raubten die Bauern aus. Schwer verletzt blieben die Bewohner zurück. Aus der Not heraus flohen die meisten Bauern von ihren Höfen und suchten Schutz bei Verwandten.

Nur zaghaft trauten sie sich später zurück, um nach den Schäden zu sehen. Ein Bauer betrat als erster voller Mut seinen Hof. Kaum setzte er den Fuß über die Schwelle seines durchwühlten Hauses, da standen schon drei Räuber hinter ihm, fassten ihn und warfen ihn zu Boden. Sie schlugen ihn so lange, bis er ihnen die letzten Goldstücke, die er unter dem Holzboden versteckt hatte, gab.

Die Reiter wollten aber auch noch die anderen Höfe in der Nachbarschaft ausrauben. Sie setzen den Bauern geknebelt vor sein Hoftor, damit er ihnen den Weg zum nächsten Bauern erklären sollte.

Gerade in diesem Augenblick blitzte beim Nachbarn ein Licht. Denn auch dieser Bauer wagte sich wieder auf seinen Besitz. Nun hatten die Räuber einen Wegweiser. Trotz der erduldeten Pein warnte sie der Bauer, nicht auf geradem Weg zum Nachbarn zu gehen, denn dort würde das Wellken liegen, das sumpfige Moorgelände, das bisher noch keiner lebend durchquert hätte. Die Räuber lachten ihn aus und taten diese Warnung als Aberglauben ab. Alle Warnungen schlugen sie in den Wind und ritten los.

Im Wellken angekommen scheuten ihre Pferde. Denn vor ihnen lag in der Tiefe geheimnisvoll brodelnd der Sumpf in einen dichten Nebelschleicher gehüllt. Unter wildem Fluchen und Schimpfen schlugen die Räuber mit ihren Peitschen auf die Pferde ein. Die Tiere bewegten sich auf dem wankenden Boden hin und her, fanden aber keinen Halt. Sie versanken mit den Reitern und allem Geraubten im Moor, das seine Opfer immer tiefer in seine gierigen Arme zog.

Niemals ist etwas von ihnen ans Tageslicht gekommen.

 **Quellen**

Konrad Wiemeyer: Das unheimliche Wellken. In: Heimatkalender der Herrlichkeit Lembeck. Jahrgang 1931. Seite 33.

Heike Wenig: Das unheimliche Wellken. In: Edelgard Moers (Hrsg): Neue Dorstener Geschichten. Dorsten 2002. S. 95 ff.

Die Hochzeit des Grafen zu Wolfsberg

Vor langer Zeit lebte in der Bakeler Mark, zwischen Holsterhausen und Rhade, der alte Graf von Wolfsberg. Dieser hatte sich immer viele Kinder gewünscht. Erst als er im fortgeschrittenen Alter war, bekam er endlich einen Sohn. Nachdem der junge Graf Ferdinand zu Wolfsberg das Alter eines jungen Mannes erreicht hatte, plante der alte Graf, ihn standesgemäß zu verheiraten. Er begann, sich unter den Töchtern seiner adeligen Nachbarn umzusehen.

Es schien dem Grafen, dass Ferdinand bisher wenig Interesse am anderen Geschlecht gezeigt hatte, obwohl er ihn, durchaus nicht frei von Hintergedanken, des Öfteren auf verschiedenen Festlichkeiten mit jungen unverheirateten Damen der Gesellschaft bekannt gemacht hatte. Ferdinand behandelte die ihm vorgestellten Damen stets mit ausgesuchter Höflichkeit, ließ jedoch keinerlei weitergehendes Interesse erkennen.

Besonders interessierte den alten Grafen die Tochter seines Freundes Herweg Graf von Dinslaken und Orsoy, der durch die Zolleinnahmen der Brücke südlich von Wesel zu einem stattlichen Vermögen gekommen war. Graf Herweg war in großer Sorge, weil seine Tochter Agnes noch unverheiratet auf Schloss Eppinghoven lebte, obwohl sie schon auf die dreißig zuging.

Selbstverständlich hatte er sie, wie es der Anstand erforderte, von allen männlichen Wesen ferngehalten. Doch nun war Graf Herweg ungehalten, dass sie es nicht fertig gebracht hatte, einen Mann anzulocken. Gewiss, sie war von hagerer Gestalt, hatte eine kratzige Stimme und eine große Nase, aber der Graf hatte sich eine schöne Mitgift ausgedacht, die für Freier durchaus reizvoll war. Graf Herweg besaß die Mühle Overbeck, die direkt an der Grenze zu den Besitzungen des Grafen von Wolfsberg gelegen war. Da dieser keine eigene Mühle besaß und stets einen hohen Zins für die Benutzung der Mühle bei Tüshaus oder Overbeck zahlen musste, ließ die Aussicht auf eine eigene Mühle das Fräulein Agnes als durchaus passend für seinen Sohn Ferdinand erscheinen.

Ferdinand jedoch war keineswegs der unerfahrene junge Mann, für den ihn sein Vater hielt. Schon seit einem halben Jahr traf er sich heimlich mit Maria, der Tochter des Müllers der Tüshaus-Mühle. Die beiden hatten sich kennen gelernt, als der junge Graf anlässlich eines Jagdausflugs so unglücklich vom Pferd sprang, dass er sich dabei den Knöchel verstaucht hatte. Maria, die gerade Blumen pflückte, fand den Verletzten und half ihm wieder aufs Pferd. Ferdinand verliebte sich sofort in die schöne Müllerstochter, die ihm anmutig den eben gepflückten Strauß reichte und ihm Glück wünschte. Von da an trafen sich die beiden öfter und Ferdinand gestand ihr, dass er sie gerne zur Frau haben wollte.

Der alte Graf eröffnete seinem Sohn am nächsten Tag, dass er Agnes, Freifrau von Dinslaken und Orsoy, heiraten sollte. Ferdinand aber gestand ihm seine Liebe zur Müllerstochter Maria. Der Graf war ungehalten. Er erklärte seinem Sohn, dass eine nicht standesgemäße Ehe auf keinen Fall in Frage käme, dass der Besitzwechsel der Mühle sonst in Gefahr wäre, und dass schon aus diesem Grund Agnes eine sehr attraktive Partie wäre. Alle Appelle an das Vatergefühl halfen dem jungen Grafen nicht. Die Hochzeit mit Agnes war beschlossene Sache.

Der Müller erfuhr von der bevorstehenden Hochzeit des Grafen Ferdinand. Daraufhin versprach er dem Sohn eines Bauern, einem ungehobelten, zur Gewalt neigenden Mann, seine Tochter. Als dieser von der Aussicht auf die Hochzeit mit Marie erfuhr, bleckte er seine gelben Zähne und meinte, nun brauche er endlich nicht immer selbst den Schweinestall auszumisten.

Marie und Ferdinand weinten bitterlich über ihr trauriges Schicksal. Abend für Abend trafen sie sich heimlich auf der Wiese am Mühlenteich, hielten sich eng umschlungen und sahen traurig zum Mond hinauf. An ihrem letzten Treffen gingen sie den Rhader Mühlenbach hinauf bis zur Statue des heiligen Dionysos, die dort vergessen zwischen Büschen und Gestrüpp stand. Sie baten ihn um Hilfe in der Not und küssten sich ein letztes Mal. Dann gingen sie schleppenden Schrittes und mit wundem Herzen auseinander.

Ferdinand wurde Agnes einige Wochen später offiziell vorgestellt. In einem Saal des Schlosses Eppinghoven standen sie sich einige Meter entfernt gegenüber. Agnes war prächtig gekleidet und so verhüllt, dass Ferdinand ihr Gesicht nicht sehen konnte. Er ließ ihr durch einen Bediensteten ausrichten, dass er entzückt über die Begegnung sei und seinen Pflichten selbstverständlich nachkommen würde. Bei den weiteren Worten stockte ihm vor Kummer der Atem, so dass die Audienz vorzeitig abgebrochen wurde, jedoch nicht ohne den Termin der Hochzeit auf den ersten Weihnachtstag auf Schloss Wolfsberg festzulegen.

Als der Tag herankam, war alles auf Schloss Wolfsberg vorbereitet. Die Kapelle war prunkvoll geschmückt. Der alte Graf zwängte sich zufrieden in seine neue Robe. Nur Ferdinand band traurig sein Halstuch um, das ihm Marie heimlich geschickt hatte.

Ein Bote erschien von Schloss Eppinghoven und teilte mit, dass die Braut nebst Gefolge pünktlich aufgebrochen sei und gegen Mittag eintreffen würde.

Die Hochzeitsgesellschaft wartete geduldig, und die Zeit verging. Mittag war längst vorüber, und von der Braut war nichts zu sehen. Der alte Graf vermutete, dass es wohl am schlechten Wetter liegen würde. Er lief vor den Fenstern des großen Saales ständig auf und ab. In der Tat hatte es schon am Vormittag angefangen zu schneien, und am Nachmittag steigerte sich der Schneefall zu einem regelrechten Unwetter.

Da klingelte plötzlich die Torglocke ohne Unterlass. Kurz darauf stürzte ein Knecht herein. Er nahm seine schneebedeckte Kappe ab, verbeugte sich vor dem Grafen und keuchte vor Aufregung. Die Braut sei mit ihrem Gefolge in der Nähe der Bauerschaft Deuten vom Wege abgekommen und durch das Eis eines zugefrorenen Teiches gebrochen. Der größte Teil der Reisegesellschaft einschließlich der Braut sei jedoch gerettet worden und auf einen Bauernhof nördlich von Deuten gebracht worden. Der Braut ginge es den Umständen entsprechend, doch man wisse nicht, wann sie ihre Reise fortsetzen könne.

Der alte Graf stöhnte vor Entsetzen. Wenn er jünger und kräftiger wäre, würde er sofort aufbrechen und die Braut mit seinem schnellsten Pferd abholen und sie aus ihrer misslichen Lage befreien. So befahl er aber seinem Sohn, an seiner Stelle zur Braut zu eilen, obwohl beide eigentlich erst während der Hochzeitszeremonie aufeinandertreffen durften. Ferdinand gehorchte, machte sich sofort reisefertig und brach schweren Herzens auf. Es war ein beschwerlicher Ritt, der Schnee war tief und die Orientierung war schwer.

Als er durch die Soerheide ritt, begegnete ihm ein merkwürdiger Zug. Er sah einen mit einer Plane bedeckten Bauernwagen, auf dem nur ein einzelner Kutscher saß. Dieser rief dem Reiter etwas zu. Ferdinand verstand nur einige Worte, dann brach der Kutscher vor Erschöpfung zusammen. Ferdinand eilte herbei, fing den Kutscher auf, zog ihn auf den Wagen und setzte ihn neben die Braut. Inzwischen waren auch die Diener des Grafen herangekommen und Ferdinand klärte sie auf, dass sich die vermisste Braut im Wagen befand. Er erkundigte sich artig, ob es ihr gut ginge, und sah ein eifriges Nicken. Sodann beförderten sie den seltsamen Zug mit vereinten Kräften zum Schloss. Der alte Graf war hocherfreut, als er erfuhr, dass die Braut wohlauf sei und der Hochzeit nun nichts mehr im Wege stand. Er gebot dem Priester, die Zeremonie angesichts des Unglücks zu verkürzen, aber nunmehr zügig zur Vermählung zu schreiten.

Ferdinand hatte inzwischen die Hochzeitsgewänder angelegt und erwartete die Braut vor dem Altar. Musik brauste auf, als die Braut die Kapelle betrat, der Chor sang, und der alte Graf führte die Braut stellvertretend zum Altar.

Hochwürden erhob seine Stimme und vermählte die beiden jungen Leute in einer ergreifenden Zeremonie. Zum Schluss gebot er dem jungen Grafen, den Schleier der Braut zu lüften und die Braut zu küssen. Ferdinand zögerte einen Moment, er dachte an seine große Liebe, doch er gehorchte. Ferdinand hob den Schleier. Er glaubte, seine Sehnsucht gaukle ihm einen Traum vor, denn vor ihm stand Marie.

Sie lächelte ihn an und hob die Hand. Da fasste sich Ferdinand ein Herz und streifte ihr den Ring über. Er nahm sie in beide Arme, drückte sie an sich, und küsste sie voll Inbrunst.

Der alte Graf war entsetzt, als er sah, dass es die falsche Braut war. Voller Zorn wollte er die Zeremonie unterbrechen, doch da sagte der Priester, dass Gott es so gefügt hätte und der Mensch es nicht mehr ändern dürfe. Da erbarmte sich auch der alte Graf. Er schritt auf seinen Sohn zu, nahm ihn in die Arme und sagte, dass Gott das Unwetter geschickt habe und wir uns nicht gegen sein Urteil auflehnen dürfen. Er solle mit seiner Frau in Frieden leben, und die beiden hätten seinen Segen. Ferdinand und Maria waren überglücklich, dass alles ein gutes Ende gefunden hatte.

Es stellte sich heraus, dass Maria am gleichen Tag mit dem Sohn des Bauern verheiratet werden sollte. Als Ferdinand dem Wagen im Schnee begegnete, wagte Maria nicht, den Irrtum aufzuklären. Und so kam es, dass das junge Paar am Jahrestag ihrer Hochzeit mit dem drei Monate alten Stammhalter Fritz-Ferdinand an der Dionysos-Säule stand und dem Heiligen für seine Hilfe dankte.

 **Quelle**

Werner Wenig: Die Hochzeit des Grafen zu Wolfsberg. In: Edelgard Moers (Hrsg): Neue Dorstener Geschichten. Dorsten 2002. Seite 104–109.

Späte Bekehrung

Am Waldesrand lebte einmal eine alte Frau in einem baufälligen Holzschober. Armut und Elend hatten sich bei ihr eingenistet. Seitdem sie ihren Mann schon vor Jahren auf dem Gottesacker hatte begraben müssen, war sie mürrisch und übel gelaunt. Ein kleines, steiniges Ackerstück war ihr Eigentum, konnte sie aber nicht genügend ernähren. Darum suchte sie im Wald Beeren und Pilze und zog damit auf den Markt.

Obwohl sie selbst nicht viel zu beißen hatte, nahm sie ihre Enkelin, ein Waisenkind, zu sich und teilte mit ihm die kargen Mahlzeiten. Dennoch gingen ihr die Leute aus dem Dorf aus dem Weg. Sie verachteten sie wegen ihrer bösen Zunge, die viel Ärger und Unfrieden stiftete, und nannten sie Holzhexe.

Eines Tages war das Kind zur Schule gegangen. Da hob die Großmutter den großen Tragekorb auf den Rücken, um für den Winter Holz zu sammeln. Sie hatte bald so viel Reisig zusammen, dass der Korb voll war. Mit einem Strick band sie das überstehende Holz fest und mühte sich ab, die schwere Last auf den Rücken zu heben. Das wollte ihr nicht gelingen und sie hoffte inständig, dass jemand käme, der ihr helfen würde.

Als sie aufblickte, stapfte ein alter, bärtiger Jäger durch die Tannen auf sie zu. Der fuhr sie hart an und riss ihr die trockenen Zweige aus dem Tragekorb. Dann raffte er mit beiden Händen abgefallene Buchenblätter zusammen und stopfte sie in den leeren Korb, hängte diesen der alten Frau auf den Rücken und meinte nur, dass die Blätter leichter seien und ihr mehr nützen würden.

Die alte Frau war verstört, hielt aber aus Angst vor ihm ihren Mund. Doch als sie eine Strecke fortgegangen war und den Jäger nicht mehr sah, da kippte sie die Blätter ärgerlich aus und verfluchte den Jäger. Dann eilte sie nach Hause, um für sich und ihr Enkelkind das Essen zu bereiten.

Als das Enkelkind von der Schule nach Hause kam, schaute es in den abgestellten Korb. Darin leuchtete auf dem Boden ein goldenes Buchenblatt. Es fasste danach, und siehe da, das Blatt war aus reinem Gold.

Als auch die alte Frau das Goldstück bestaunt hatte, da schlug sie sich vor den Kopf und erzählte, was passiert sei. Sofort liefen beide zurück zu der Stelle, wo die Großmutter den Korb ausgekippt hatte. Sie fanden aber nichts als gewöhnliche Buchenblätter.

Schließlich kehrten die beiden wieder um, und da war es ihnen, als wenn jemand hinter den Tannen hocken würde und gelacht hätte.

Die alte Frau drückte mit ihrem rechten Zeigefinger die Lippen zusammen und tat von nun an immer so, wenn ein böses Wort ihr mal wieder aus dem Munde springen wollte.

 **Quelle**

Joseph Kellner: Rübezahl bekehrt ein Lästermaul. In: Heimatkalender der Herrlichkeit Lembeck. Jahrgang 1965. Seite 51–52.

Der versunkene Schatz

Ganz hinten in der Heide, wo die letzten Hügel der Hohen Mark in die Feldmark der Gemeinde Wulfen hineinreichen, liegt ein dunkles, schwarzes Moorwasser. In der Nähe führt ein krummer Heidepfad vorbei, der auch Alter Postweg genannt wird. Denn bevor Napoleon die feste Straße gebaut hat, ging der Verkehr durch die Hohe Heide. Heut ist es ganz still da, und nur selten lenkt ein Mensch seine Schritte dorthin.

Dort lebte vor vielen Jahren in einer armseligen Hütte ein alter Mann, dessen Gier nach Gold und Geld schier unersättlich war. Ganze Kisten und Säcke hatte er mit Schätzen angefüllt, und stundenlang konnte er davor sitzen und das glänzende Metall durch seine Finger gleiten lassen. Dabei war er so geizig und menschenfeindlich, dass auch derjenige, der in der bittersten Not war, bei ihm keine Hilfe finden konnte.

Einmal kam eine arme Frau zu ihm. Sie war in der allergrößten Not. Ihr Mann lag schon lange krank im Bett, und sie hatte kein Stück Brot mehr für die Kinder im Haus. Aber weder die Tränen, noch das verzweifelte Bitten der Frau konnten den Geizhals erweichen. Mit kalten, höhnischen Worten jagte er die Unglückliche aus dem Hause. Da rief ihm die verzweifelte Frau zu, dass er verflucht sei und mit seinem Gold und seinen Schätzen im dunklen Moorwasser versinken soll. Noch in derselben Nacht kam ein fürchterliches Gewitter. Gespenstisch zuckten die Blitze durch die dunkle Nacht. Der Donner rollte und krachte, und ächzend und stöhnend heulte der Wind durch die Tannen.

Als aber das erste Morgenrot über die Hohe Mark schimmerte, war die Hütte verschwunden. Der Fluch war in Erfüllung gegangen. Auf dem Grunde des Moores ruht nun der Alte mit seinem Gold bis auf den heutigen Tag. Aber in der Nacht zum Karfreitag wird das trübe, dunkle Wasser klar. Dann sieht man aus der Tiefe das Gold schimmern, und dann ist es auch möglich, den Schatz herauszuholen. Weil aber an dem Gold so viele Tränen und Flüche hängen, darf bei der Arbeit kein Wort gesprochen werden. Noch viel weniger darf man dabei lachen.

Schon oft hat jemand versucht, den Schatz zu heben. Aber jedes Mal, wenn er an der Oberfläche war, zeigte sich auf dem Grund der alte Geizhals und brachte durch allerhand Grimassen die Menschen zum Lachen und dann versank der Schatz in der Tiefe. Wenn die Sonne aufging, lag das Wasser wieder dunkel und still da. So ist es bis auf den heutigen Tag geblieben.

 **Quelle**

Paul Lippik: Der versunkene Schatz. In: Heimatkalender der Herrlichkeit Lembeck. Dorsten 1928, Seite 112.

Der Ritter von Wolf

Vor langen, langen Jahren stand in Wulfen, auf der Stelle, die heute noch Burgwiese heißt, ein Schloss. Es gehörte dem Ritter von Wolf. Weit und breit war er gefürchtet wegen seines wilden stolzen Sinnes und seiner grausamen Taten. Als er auf einer wilden Hetzjagd seinen einzigen Sohn und Erben verlor, wurden seine Taten noch ärger und sein Hass noch größer. Seine edle Gemahlin starb aus Gram, und seine Tochter verließ heimlich das Schloss, nahm den Schleier, um im stillen Kloster für den Vater zu büßen. In der Einsamkeit wurden die Frevel des Ritters Wolf noch schlimmer und seine Grausamkeiten schrien zum Himmel.

Eines Tages zog ein schweres Unwetter die Lippe herauf. Dunkel färbte sich der Himmel, der Donner grollte und schwefelgelbe Blitze zuckten durch die schwarzen Wolken. Die Leute saßen ängstlich in ihren Häusern, und beim Schein der Kerzen baten sie die Heiligen um Schonung.

Ritter Wolf aber stand auf dem Söller seines Schlosses und sah voll Hohn und Spott in das Unwetter. Lachend sah er zum Himmel und verhöhnte Gott. Er rief ihm zu, dass seine Blitze noch so feurig zucken und der Donner noch so laut grollen könne, er aber würde sich nicht fürchten, sondern über seine Allmacht lachen. Sein Gesicht verzerrte sich zu teuflischer Wut, und hassentstellt erhob er die Faust drohend zum Himmel. Er verfluchte Gott, weil er ihm seinen einzigen Sohn genommen hatte. Da dröhnte ein betäubender Donnerschlag durch die Gegend, als ob die Erde zusammensacken würde. Ein Stürzen, Krachen und Schreien war zu vernehmen, durchzogen von Blitzen. Da versank das Schloss in der Tiefe. Der Sturm heulte noch eine Weile, dann war alles still.

Jahrhunderte sind darüber hingegangen. Von dem Schloss ist nichts mehr zu sehen. Als die Wulfener viele Jahre an der Stelle gegraben hatten, fanden sie einige Überreste von alten, mächtigen Grundmauern und ein halbverbranntes Bild, einen Wolfskopf mit weit aufgerissenem Rachen. Das war das Wappenschild des Ritters von Wolf.

 **Quellen**

Paul Lippik: Der Ritter von Wolf. In: Heimatkalender der Herrlichkeit Lembeck, Dorsten 1929, Seite 103.

Paul Lippik: Der Ritter von Wolf. In: Edelgard Moers, Heike Wenig (Hrsg): Hier bei uns. Dorstener Geschichten. Band 4. Dorsten 2014, Seite 144–145.

Peter Bertram: Der Ritter von Wolf. In: Edelgard Moers (Hrsg): Dorstener Geschichten. Dorsten 2000, Seite 49–51

Die Wolfsgrube

Der Name Wulfen könnte daraufhin deuten, dass hier einst die Wölfe sehr zahlreich vorkamen. Da sich durch diese Tiere auch die Menschen bedroht fühlten, so versuchten die Bewohner, sie auf alle möglichen Arten unschädlich zu machen. Flinten und Büchsen waren damals selten, deshalb fing man die Tiere in Wolfsgruben. Das waren tiefe Löcher, in die man ein Fangeisen legte und dann mit Ästen und Zweigen unkenntlich zudeckte. Als Köder wurde ein Schaf oder ein anderes Tier benutzt. Wollte nun der Wolf das Locktier rauben, so stürzte er in die Grube und verfing sich im Eisen. Auf diese Weise hatten die Menschen schon viele dieser gefährlichen Tiere gefangen.

Eine solche Grube hatten sie auch auf dem Weg von Wulfen nach Lippramsdorf angelegt. Denn diese Gegend machte ein besonders gefürchteter Wolf unsicher. Deshalb war sie auch besonders geschickt und kunstvoll hergerichtet.

Nun traf es sich, dass in Wulfen eine Hochzeit gefeiert wurde, und zu einer richtigen Hochzeit gehört nun auch Musik. Die Wulfener holten einen Musiker aus Lippramsdorf. Wacker hatte der brave Lippramsdorfer zum Tanze aufgespielt, aber auch ebenso wacker dem Essen und Trinken, dem letzteren ganz besonders zugesprochen.

Lustig und guter Dinge machte er sich am späten Abend auf den Heimweg. Er dachte dabei an seine Taler, die er sich erspielt hatte. An alles dachte er, nur nicht daran, dass es irgendwo eine Wolfsgrube gab. Plötzlich wurde der Boden unter seinen Füßen weich und lose. Ehe er sich besinnen konnte, lag er in der Grube. Aber er hatte Glück, und er landete neben dem Fangeisen.

Da lag er nun, wie einst Daniel in der Löwengrube. Allein herauszukommen war unmöglich. Seine Hilferufe blieben um diese Zeit unerhört. So musste er schon Stunden bis zum Hellwerden verbringen. Zum Glück war es ja nicht kalt.

Die Sache wäre nicht so schlimm gewesen, wenn es nicht auch noch dem Wolf eingefallen wäre, denselben Weg zu nehmen. Eine solche Lockspeise war doch etwas Feines. Er sprang in die Grube, mitten in die Falle. Ein Schnacken war zu hören und das Raubtier war gefangen. Der Musikant sah alles mit an.

Ganz in die Ecke gedrückt erwartete er nun den Morgen. Der Wolf war gefangen, und die Bewohner von Wulfen eilten zur Wolfsgrube. Wer aber beschreibt das Erstaunen, als die Leute neben dem gefangenen Tier den halbtoten Musikanten fanden. Für die ausgestandene Angst wurde er reich entschädigt. Denn die Wulfener waren froh, den Wolf gefangen zu haben.

Die Wolfsgrube wurde bald zugeschüttet. Die Menschen wollte nicht Gefahr laufen, dass noch einmal ein Musikant darin verschwand. Die Wulfener fürchteten auch, dass sie keine Hilfe mehr aus Lippramsdorf bekommen würden.

So können heute die Leute auch in später Stunde von Wulfen nach Lippramsdorf laufen, sogar wenn sie von einer

Hochzeit kommen. Sie müssen keine Angst haben, in die Wolfsgrube zu fallen.

Quellen

Paul Lippik: Die Wolfsgrube. In: Heimatkalender der Herrlichkeit Lembeck. Dorsten 1929, Seite 104–105.

Paul Lippik: Die Wolfsgrube. Eine Geschichte aus Wulfens Vergangenheit. in: Edelgard Moers, Heike Wenig (Hrsg): Hier bei uns. Dorstener Geschichten. Band 4. Dorsten 2014, Seite 148–149.

Das Woachtmännlein

Vor vielen Jahren, als die Wulfener Heide noch still und friedlich da lag, als die Menschen noch nicht in alleinfahrenden Wagen auf kunstvollen Straßen hinsausten, oder gar wie Vögel durch die Luft flogen, da lebte dort, wo sich der Grenzweg zwischen Wulfen und Hervest hinzieht, ein kleines Männlein. Es war nicht größer als ein Fuß und hatte einen langen Bart, der bis auf die Erde reichte und graugrün schimmerte wie das Moos auf den alten Bäumen. Seine Wohnung hatte es unter den Wurzeln einer alten Kiefer, die man weithin sehen konnte und nach der sich die Leute richteten, die durch die Heide gehen mussten. Das Männlein sorgte dafür, dass die Heide ordentlich blühte und die Bienen Honig in Fülle fanden. Die Totengräber hielt es an, dass sie die verendeten Tiere schnell und ordentlich begruben. Wenn einer von den schimmernden Laufkäfern auf den Rücken fiel, und sich nicht wieder aufhelfen konnte, stellte es ihn wieder auf die Beine. Wenn der Buchweizen blühte, sprang es durch die Felder, und diese bekamen dann doppelt so viele Früchte wie sonst.

Dem Männchen machte es aber auch Vergnügen, schnell vorübergehende Menschen zu ärgern. Es saß dann versteckt auf einem Baum und beobachtete das Geschehen. Wenn ein Mensch achtlos durch die Heide ging, nicht die

Schönheit wahrnahm und sich nicht daran erfreute oder dessen Gedanken nur auf Geld und Erwerb gerichtet waren, dann rief es laut hinter ihnen her. Wenn der Mensch dann stehen blieb, sich nach dem unsichtbaren Rufer umdrehte, und sich dabei den Hals verrenkte, brach das Männlein in ein wieherndes Gelächter aus. Nachts trieb es das Männlein noch ärger. Da ängstigte es die Leute durch jämmerliches Schreien. Oder es verwandelte sich in ein schwarzes Tier mit glühenden Augen und sprang ihnen auf den Rücken, sodass sie halbtot vor Angst im Dorf ankamen.

Zu den Menschen, die das Männlein besonders gerne ärgerte, gehörte ein biederes Schneiderlein, das jeden Tag mit Elle, Schere und Bügeleisen durch die Heide auf Kundschaft zog. Mochte die Heide noch so rosenrot blühen und der Bram noch so golden leuchten, und die Heidelerche ihr schönstes Lied singen, es dachte nur immer an Geld und Verdienst, und höchstens noch daran, was die Bäuerin, bei der er heute arbeiten wollte, kochen würde.

Schließlich wurde dem Schneiderlein die Sache zu arg, und weil es mehr Mut im Leibe hatte, als die Leute meinten, dachte es nach, wie er sich an dem Männlein rächen könne. Eines Tages hängte es sich statt eines Stoffes einen festen, dichten Sack auf den Rücken und stampfte mutig durch die dunkle Heide.

Nach einer Weile war ihm, als wenn das Gewicht immer schwerer wurde. Schnell nahm er eine lange Nadel und nähte den Sack zu. Jetzt hatte er das Männlein gefangen. Jämmerlich fing es an zu schreien und versprach dem Schneider alles, wenn es ihn nur wieder frei lassen würde. Da ließ sich das Schneiderlein erweichen. Nachdem es ihm hoch und heilig versprochen hatte, nie mehr die Leute zu ärgern, öffnete es den Sack. Bevor es das Männlein aber frei ließ, nahm das Schneiderlein seine Schere und schnitt ihm den langen Bart ab. Wütend darüber verschwand das Männlein und wurde nie mehr gesehen.

Vielleicht kommt es wieder, wenn sein Bart wieder gewachsen ist. Solange können die Menschen beruhigt durch die Heide gehen. Nur Sonntagskinder, die träumend und sinnend durch die Gegend laufen und sich über all das Schöne freuen, das sich ihnen bietet, können es noch manchmal sehen, aber dann nickt und lächelt es ihnen freundlich zu und lässt sie unbehelligt weiterziehen.

Die alten Leute erzählen, dass die Heide aber längst nicht mehr so schön blüht wie damals und dass die Bienen nicht mehr so beladen mit Honig heimkehren, und trotz allen Düngers der Buchweizen nicht so viel trüge, wie in der Zeit, als das Woachtmännlein noch die Heide bewohnte.

 **Quelle**

Paul Lippik: Das Woachtmännlein in der Wulfener Heide. In: Heimatkalender der Herrlichkeit Lembeck. Dorsten 1926. Seite 39.

Der Schatz unter dem Hülskrabbenbusch

Wer von Wulfen zum Strock geht, den Napoleons-weg verlässt und rechter Hand einen schmalen Weg entlang geht, kommt bald in eine stille Heidegegend. Diese Gegend heißt Bockelsberg und war wahrscheinlich eine alte heidnische Opferstelle und Wodan geweiht. Hier stand einst auf einer kleinen Anhöhe ein alter, knorriger Hülskrabbenbusch. Wie ein mürrischer Wächter stand er mit seinen dicht verzweigten Ästen da und überragte die wenigen anderen Büsche. Die Leute liefen nicht gerne an dieser Stelle vorbei. Sie meinten, dass die Stelle verzaubert und nicht ganz geheuer sei.

Einmal hütete ein alter Schäfer dort seine Schafe. Oft saß er unter dem alten Busch und hielt Zwiesprache mit der Natur. Er fragte den Busch, was er erzählen würde, wenn er reden könnte und was er wohl in früherer Zeit gesehen hatte. Dann erzählte er dem Busch von mächtigen Feuern, die in heiligen Nächten brannten und von Waffen, die irgendwann durch die Stille klirrten.

Einmal hatte der Schäfer seine Herde weiter getrieben als sonst. Um Mitternacht kam er zu dem Hülskrabbenbusch. Da sah er zu seinem Erstaunen ein Feuer darunter mit einer sonderbaren blauen Flamme. Es schien ihm, als würde der Busch brennen. Aber er verbrannte nicht.

Da der Schäfer vor nichts Angst hatte, ging er an das Feuer heran. Ihm fiel aber nichts Besonderes auf. Er hielt seine Pfeife daran, damit sie wieder brannte. Da hörte er vom nahen Hof den ersten Hahnenschrei, und das Feuer war erloschen. Doch wie groß war sein Erstaunen, als er am nächsten Morgen in seiner Pfeife einen Klumpen aus purem Gold fand.

Als er die Geschichte in Wulfen erzählte, wurde er ausgelacht. Denn man wusste, dass er die Bauern gern ein wenig zum Narren hielt. Nun war aber im Dorf ein Schuster, der von Hof zu Hof zog und für die Bauern arbeitete. Dem Schuster ging die Geschichte im Kopf herum. Er hatte gehört, dass dort, wo sich eine merkwürdige blaue Flamme zeigte, ein Schatz vergraben sein sollte. Sein sehnlichster Wunsch war, reich zu werden und nicht Jahr für Jahr bei schlechter Kost und wenig Lohn zu arbeiten. Er fasste den Entschluss, nach dem Schatz zu graben. Die Uhr zeigte schon fast Mitternacht, als er sich mit einem Spaten und einem Sack auf den Weg machte. In dem Sack wollte er den Schatz nach Hause tragen. Die Nacht war dunkel und nur wenige Sterne standen am Himmel. Bald umfasste ihn die Finsternis.

Einige Male flog ein Nachvogel gespenstisch an dem Schuster vorbei und gab Töne von sich, als wenn er ihm zurufen würde, dass er doch besser umdrehen solle. Der Schuster dachte aber nur an den Schatz und ging weiter. So kam er an den Busch, wo wieder das sonderbare Feuer brannte. Nachdem er ein Kreuzzeichen geschlagen hatte, fing er an zu graben. Vor lauter Gier achtete er auf nichts, was um ihn vorging, sondern arbeitete, bis dass der Schweiß von seinem Gesicht lief. Da stieß er mit dem Spaten auf einen eisernen Kasten. Mit einem Freudenschrei öffnete er ihn. Doch seine Enttäuschung war groß, als er nur Steine darin fand. Mit einem Fluch schlug er den Deckel zu. Da hörte er plötzlich hinter sich ein teuflisches Lachen und erblickte ein fürchterliches Untier. Es sah aus wie ein schwarzer Hund, der nur ein Auge hatte, das so groß wie ein Teller war und wie feurige Kohlen glühte. Das Tier sprang mit wütendem Geheul und fletschenden Zähnen an ihm hoch.

In der höchsten Not ertönte der erste Hahnenschrei vom nahegelegenen Hof. Das Tier und das Feuer waren verschwunden. Starr und bleich vor Angst machte sich der Schuster auf den Heimweg. Mehrere Tage lag er krank im Bett. Noch größer war sein Entsetzen, als er feststellte, dass er an der Stelle, wo er den Sack getragen hatte, einen mächtigen Buckel bekommen hatte.

Von seiner Geldgier geheilt ging der Schuster wieder an seine Arbeit. Der Schatz aber liegt heute noch unter dem Hülskrabbenbusch und niemand hat noch einmal versucht, ihn zu heben.

 **Quelle**

Paul Lippik: Der Schatz unter dem Hülskrappenbusch. In: Heimatkalender der Herrlichkeit Lembeck. Jahrgang 1925. Seite 22–23.

Der alte Grenzstein
zwischen Wulfen und Lippramsdorf

Da, wo die letzten Ausläufer der Hohen Mark die Grenze zwischen Wulfen und Lippramsdorf bilden, steht ein alter Grenzstein. Er ist nicht leicht zu finden. Der Weg führt durch Dickicht und Büsche. Einsam steht er da, ein Zeuge vergangener Zeiten. Tief ist er schon in den Waldboden eingesunken, lichtes Moos umkleidet ihn, und Brombeeren haben ihre Ranken um ihn geschlungen. Entfernt man das Mooskleid etwas, so zeigt er eine rätselhafte Inschrift, und ein Riss, wie von einem furchtbaren Säbelhieb, wird sichtbar. Nicht immer soll der Stein dort gestanden haben. Die Sage erzählt von seiner Herkunft.

Es war in der kaiserlosen schrecklichen Zeit, als in unserem Land Gewalt vor Recht ging und nur der Stärkere das Sagen hatte, als auch die Dörfer Wulfen und Lippramsdorf in Fehde lagen. Der Streit ging um ein Waldstück, auf welches beide Gemeinden Anspruch erhoben. Denn viel Hochwild stand darin, und die Jagd lohnte sich wohl. Diese Streitigkeiten führten schließlich zu regelrechten Kampfhandlungen.

Als die Lippramsdorfer wieder einmal in dem strittigen Walde jagten, da ertönte in Wulfen die Sturmglocke. Bewaffnet eilten Männer von Wulfen herbei, um ihr Recht zu verteidigen. Es gab einen heftigen Kampf, aber den starken Fäusten der Wulfener Bauern konnten die Lippramsdorfer nicht standhalten und ergriffen darum die Flucht. Ihre Hoffnung war, das jenseitige Lippeufer zu erreichen. Die Sieger aber verfolgten sie, und am Ufer der Lippe kam es noch einmal zu einem Handgemenge. Dabei erschlug der Anführer der Wulfener einen Mann der Lippramsdorfer. Voll Freude und Stolz über den errungenen Sieg kehrten die Wulfener heim. Noch lange erzählte man sich beim Herdfeuer von dem siegreichen Kampf. Als die Lippramsdorfer nun einsahen, dass sie aus eigener Kraft mit dem Wulfenern nicht fertig werden konnten, führten sie Klage beim damaligen Landesfürsten, dem Bischof von Münster. Dieser meinte, dass die Wulfener eine schlimme und verabscheuungswürdige Tat begangen hätten, da sie einen hilflosen Feind erschlagen hätten, und dafür müssten sie Sühne leisten.

Die Gemeinde Wulfen musste den Lippramsdorfern so viel in purem Silber zahlen, als das Gewicht des Erschlagenen betrug. Außerdem durften die Lippramsdorfer ihre Grenze soweit vorlegen, als ihr stärkster Mann jenen Stein, der noch den Säbelhieb zeigte, auf welchen der Lippramsdorfer Mann erschlagen worden war, auf Wulfen zutragen konnte. Wulfen konnte jedoch die Silbermenge nicht aufbringen, und da erbot sich der Herr vom Schloss Lembeck an ihrer Stelle zu zahlen. Dafür musste ihm aber die Gemeinde die Gemeindewiesen, die zwischen dem Dorf und der Wienbecke lagen, abtreten. So haben die Wulfener ihren Sieg teuer bezahlt, und es ist erklärlich, dass dadurch die nachbarlichen Beziehungen zwischen Lippramsdorf und Wulfen in der nachfolgenden Zeit nur mühsam besser wurden.

 **Quelle**

Paul Lippik: Der alte Grenzstein zwischen Wulfen und Lipprams-dorf. In: Heimatkalender der Herrlichkeit Lembeck. Dorsten 1927, S. 46–47.

Paul Lippik: Der alte Grenzstein zwischen Wulfen und Lippramsdorf. In: Hier bei uns. Dorstener Geschichten. Band 4. Dorsten 2014, Seite 145–146.

Der Grenzstein in Wulfen

Vor langer Zeit setzte ein Wulfener Heidebauer beim Pflügen den Grenzstein von seinem Acker einfach einige Zentimeter zu seinem Nachbarn herüber. Weil es niemand sah, setzte er den Grenzstein jedes Jahr ein Stückchen weiter. Seine Familie bemerkte nichts. Im Laufe der Zeit bereicherte er sich so um eine beträchtliche Ackergröße. Doch der Bauer wurde immer älter. Schließlich hatte seine letzte Stunde geschlagen. Er wurde mit seinem Geheimnis begraben.

Aber schon in der ersten Nacht nach dem Begräbnis, trat der Geist des toten Vaters in die Kammer des jungen Bauern, weckte ihn und blieb regungslos die ganze Geisterstunde hindurch vor dem Bett stehen.

Weil er sich keinen Rat wusste, ging er gleich am nächsten Morgen zum Pastor. Der Pfarrer ermahnte den ratsuchenden Erben, den ruhelosen Geist, sofern er sich nochmals einstellen sollte, zu befragen und zu tun, was er sagen würde. Tatsächlich kam der Verstorbene in der folgenden Nacht um dieselbe Stunde wieder, und der Sohn fragte ihn, was er wolle. Der Geist winkte und ging hinaus. Der Sohn sollte ihm folgen. Am Hoftor wollte er jedoch umkehren. Doch der Geist zog den Jungbauern an die Stelle, wo der Grenzstein eigentlich hingehörte. Als der junge Bauer wieder allein dort stand, wollte er den Wunsch des Vaters nicht umsetzen. Er wollte lieber den fremden Acker behalten. Dadurch wäre sein Grundstück größer. Darum ging er, ohne den Stein zu verrücken, wieder ins Haus. Aber als er seinen Kittel bei Tageslicht besah, war die Stelle, an der ihn der Geist berührt hatte, verbrannt und hatte ein Loch. Da erschrak er. Er ging ins Feld und setzte in der Abendstunde den Grenzstein zurück an den richtigen Platz.

Seitdem hatten beide Ruhe und Frieden, der Vater in seinem Grab und der Sohn im Schlaf.

Hätte der Sohn den Geist des Vaters nicht nach seinem Wunsch gefragt und auf seine Bitte spätestens in der dritten Nacht den Grenzstein nicht versetzt, so wäre der alte Heidebauer ohne Gottesgnade geblieben und hätte jede Nacht draußen vergebens an dem Grenzstein ziehen und zerren müssen. Dem Sohn hätte der Teufel in der vierten Nacht den Hals umgedreht.

Die Nachfahren des Heidehofes bewahren den Kittel mit dem Brandloch in einer geheimen Truhe auf. Sie zeigen ihn jedem, der die Geschichte nicht glauben will.

 **Quelle**

Joseph Kellner: Der Grenzstein. In: Heimatkalender der Herrlichkeit Lembeck. Dorsten, 1931, Seite 105.

Peter Bertram: Der Grenzstein. In: Edelgard Moers (Hrsg): Dorstener Geschichten. Dorsten 2000, Seite 45 ff..

Priester Wulfhem

Laut offizieller Geschichtsschreibung ist die Gemeinde Wulfen im Norden Dorstens als eine Stiftung des Ministerialgeschlechts Wulfhem im zwölften Jahrhundert entstanden. Es soll nach dem Coesfelder Urkundenbuch im vierzehnten Jahrhundert in Wulfen einen Priester von Wulfhem gegeben haben. Die Sage erzählt uns von einem Priester Wulfhem, der schon viel früher durch Gastfreundschaft zum Bischof ernannt wurde, den aber auch die Bewohner von Olfen für sich vereinnahmen.

Vor langer Zeit war Kaiser Ludwig der Jüngere auf der Jagd. Dabei verirrte er sich hoffnungslos und kam am Abend nach Wulfen. Bald darauf sah er ein Haus und klopfte an. Dort wohnte ein Geistlicher mit Name Wulfhem. Dieser nahm ihn freundlich auf, ohne zu wissen, dass der Kaiser vor ihm stand. Er teilte mit ihm sein karges Essen, denn der Priester war bettelarm. Für die Nacht nahm er noch Stroh von seinem eigenen Bett und richtete für den Gast eine eigene Schlafstelle her, damit sich der Fremde auch gut ausruhen konnte.

Am nächsten Morgen verabschiedete sich Ludwig und gab sich auch hier noch nicht zu erkennen. Er bedankte sich und fragte, ob er dem gastfreundlichen Priester etwas Gutes tun könnte. Wulfhem wies dies weit von sich und sagte, dass er ja nur seine Christenpflicht getan hätte. Doch dann bat er ihn darum, wenn er bei der nächsten Jagd einen Hirsch erlegen sollte, ihm einen Riemen aus dem Leder des Tieres zu schicken, mit dem er seinen Priesterrock schnüren könne und er ein Andenken an seinen Besuch habe.

Der Kaiser ritt fort. Es verging einige Zeit, und Wulfhem trug weiter seine alte Hanfschnur um sein Gewand. Er hatte den fremden Jäger schon fast wieder vergessen, als eines Tages ein kaiserlicher Herold zu ihm kam und ihn über seinen damaligen Besucher aufklärte. Er hätte seinerzeit nicht irgendeinem Jäger Gastfreundschaft gewährt, sondern dem Kaiser selbst. Als kleinen Dank hätte er einen Lederriemen erbeten. Der Herold überreichte ihm daraufhin einen Gürtel. Aber dieser Gürtel war nicht aus Leder, sondern aus purem Gold. Anschließend nahm der Herold eine Urkunde aus der Satteltasche, die mit dem kaiserlichen Siegel versehen war. Er brach das Siegel und las laut und deutlich vor, damit es alle Umstehenden hörten konnten. In der Urkunde stand, dass Ludwig, Kaiser des Heiligen Römischen Reiches Deutscher Nationen, den Priester Wulfhem zum Bischof von Münster ernannt hatte.

Wulfhem war bis zu seinem seligen Ende Bischof von Münster und tat, wie er es gewohnt war, vor allem den armen Leuten viel Gutes. Da er dies aber nicht laut in der Öffentlichkeit tat, sondern still und leise, wie es seine Art war, war er für Geschichtsschreiber uninteressant und wird in den Büchern nirgendwo erwähnt. Aber besonders die kleinen Leute kennen Sagen und erzählen diese auch weiter.

So ist die Geschichte von Priester Wulfhem, der den Kaiser beherbergt hatte, nicht verloren gegangen.

# Quellen

Bernardine Herwers: Die Sage vom Priester Wulfhem. In: Heimat-kalender der Herrlichkeit Lembeck. Dorsten 1927, Seite 32.

Peter Bertram: Die Sage vom Priester Wulfhem. In: Edelgard Moers (Hrsg): Dorstener Geschichten. Dorsten 2000. Seite 47 ff

Der Händler und der Teufel

Ein tief ausgefahrener Weg führte von Lippramsdorf über Wulfen und Lembeck bis nach Borken, der in früheren Jahrhunderten häufig benutzt wurde.

Eines Tages kam ein Händler mit einem Korb auf dem Rücken wieder einmal diesen Weg entlang. Beim Sammeln einiger Waren war es sehr spät geworden, und es war schon fast Mitternacht, als er Wulfen erreichte. Sein Korb war schwer, und er wollte noch weiter bis Borken, um dort morgens seine Waren zu verkaufen. Unterwegs rauchte er gerne seine Pfeife. Doch inzwischen war sie kalt geworden. Das Glück wollte es, dass er am Wegesrand noch den Rest eines glimmenden Feuers entdeckte.

Er vermutete, dass die Schäfer am Vormittag ein Feuer gemacht hätten und er an dem Rest der Glut seine Pfeife wieder anzünden könnte. Er bückte sich, um das glimmende Holz mit einem Stock aufzunehmen. Kaum hat er dieses erfasst, so bekam er einen heftigen Schlag in den Nacken, taumelte zur Erde und verlor die Besinnung.

Als er wieder aufwachte, war er zunächst verwirrt. Dann stand er langsam stand auf und schaute sich um. Aber er sah niemanden. Seine Verwunderung war groß. Doch er wollte keine Zeit verlieren und machte sich wie gewohnt auf den Weg.

Als er endlich in Borken ankam und seine Pfeife ausklopfte, fielen mehrere blinkende Goldstücke heraus. Voller Erstaunen hob er sie auf. Er bestaunte sie von allen Seiten und grübelte darüber nach, wer denn sein Wohltäter sein könnte. Da fiel ihm das glimmende Feuer in Wulfen ein. Er hatte in seiner Jugendzeit oft die Sage von den Schätzen gehört, die der Teufel dort bewachen sollte.

Am nächsten Morgen brachte der Händler seine Waren zu den Leuten und hatte es eilig, möglichst schnell wieder nach Wulfen kommen. Er wollte dort der Sache auf den Grund gehen und hoffte, vielleicht sogar weitere Schätze zu finden. Als er wieder an der Stelle ankam, war das Feuer vollständig erloschen. Enttäuscht rührte er mit seinem Stock in der Asche. Doch siehe da. Es kamen einige Goldstücke zum Vorschein.

Der Teufel hatte beim gestrigen Mondschein einige Schätze an die Oberwelt gebracht und sich an ihrem Glanz ergötzt. Durch seinen Übermut und seinen eiligen Aufbruch hatte er einige Stücke vergessen, die nun dem glücklichen Händler in die Hände gefallen waren. Der machte mit dem Gold sein Glück, kaufte sich eine Hofstelle und brauchte von jetzt an nicht mehr den Weg mit seinem schweren Korb zu gehen.

 **Quelle**

Autor unbekannt: Der Kiepenkerl und der Teufel.

Der Schlüssel

Ludgerus war wieder einmal unterwegs. Er kam von Werden und wollte nach Münster. Im Lande zwischen Ruhr und Lippe standen die Kornhaufen auf den Feldern. Es regnete schon eine Woche lang. Die Wege weichten auf, und in den Pfützen sammelte sich das Wasser. Die verschlammten Räder des Fuhrwerks wühlten sich durch die Wege. Trotzdem war Ludgerus nicht aufzuhalten. Er mochte in gemütlicher Herberge nicht rasten. Sein Eifer trieb ihn weiter zur nächsten Pflicht.

Als Ludger sich der Lippe näherte, da kamen ihm durch eine Wallhecke zornig gesprochene Worte entgegen. Er ließ halten und traute seinen Augen und Ohren nicht. Ein Bauer, verärgert über Unwetter und Ernteschäden, schlug seinen Ackerknecht und fluchte dabei, er möge mit den Früchten auf dem Felde verderben.

Der Prediger ärgerte sich über solche Christenart, eilte hinzu und tadelte den Wüterich. Nachdem er den Knecht getröstet und gesegnet hatte, ordnete er an, den Bauer einzusperren. Er sollte bereuen und büßen. Das Gefängnis wurde abgeschlossen, und Ludger selbst steckte den Schlüssel ein.

In der nun folgenden Nacht meldete sich ein Reiter beim Wächter. Er brachte die Botschaft, Ludgerus möge über Coesfeld reisen, denn auch dort würde er gebraucht.

Schon in früher Morgenstunde brach er auf. In Dorsten überquerte er die Lippe. Und hier fiel der Gefängnisschlüssel aus der Manteltasche in den Fluss.

Drei Tage später hatte der Prediger in Coesfeld zwei vornehme Brüder mit seinen Worten zufrieden gestellt. Als sie sich alle drei frohgemut zur Mahlzeit niedersetzten, brachte der Koch Ludgerus einen Schlüssel, den er im Fischmagen gefunden hatte. Alle die dabei waren, staunten und stellten viele Fragen. Ludgerus besah den Schlüssel, erkannte ihn sofort und gedachte des Bauern im Gefängnis. Seinetwegen sei ihm vom Himmel das Zeichen gegeben, das nun hell in ihm aufleuchtete.

Noch in derselben Stunde musste ein Reiter den Schlüssel zum Gefängnis bringen. Der Bauer wurde befreit. Es war sichtbar, dass ihm verziehen worden war.

Ludgerus schlug an seine Brust, dankte und lobte Gottes unergründliche und wunderbaren Wege.

 **Quelle**

Joseph Kellner: Der Schlüssel. In: Heimatkalender der Herrlichkeit Lembeck. Jahrgang 1967. Seite 67–68.

Der Grenzstein

Zwei Bauern lebten lange Zeit in Unfrieden wegen eines kleinen Landstücks. Wenn der eine schlief oder von zu Hause fort war, schlich der andere nachts heimlich ins Feld und versetzte den Grenzstein. So taten beide einander Unrecht.

Als nun der ältere Bauer gestorben war, übernahmen seine Söhne den Hof. Der jüngere Bauer musste den Verstorbenen zu Grabe tragen, wie es von alters her seine Nachbarpflicht war. Erst am Abend ging der hinterbliebene Bauer aus dem Kirchdorf fort und über den Berg zurück in die Bauerschaft, in der er wohnte. Da hörte er aus dem Dunkel eine jammernde Stimme, die fragte, wo der Stein denn nun hingehöre.

Der Bauer rief der Stimme zu, dass der Stein auf jeden Fall an die richtige Stelle gelegt werden muss. In dem Augenblick sah der Bauer den Geist des verstorbenen Bauern auf sich zukommen. Die Haare stiegen ihm zu Berge vor Angst, und er rannte, was er konnte, übers Feld, über den Hof und in die Deele. Kaum hatte er den Riegel vorgeschoben, da schleuderte ihm der Geist den Grenzstein hinterher. Er donnerte furchtbar gegen das Tennentor. Das Gepolter war im ganzen Haus zu hören.

Von der Stunde an hatte der Tote im Grabe endlich seine Ruhe. Zwischen den Leuten auf beiden Höfen war endlich Frieden.

 **Quelle**

Joseph Kellner: Der Grenzstein. In: Heimatkalender der Herrlichkeit Lembeck. Jahrgang 1967. Seite 77.

Die Erlösung

Es ist in der Herrlichkeit häufig vorgekommen, dass ein Bauer den Grenzstein zum Nachbarn versetzt hat.

Nach alter Sitte und altem Brauch treffen die Verwandten, selbst von fern her, tags vor Jahresanfang im alten Vaterhaus ein. Sie wollen gemeinsam das alljährliche Wiedersehen feiern und mit Essen, Trinken und Kartenspielen das neue Jahr erwarten. So saßen auch die Verwandten eines verstorbenen Bauern zusammen, der zu Lebzeiten den Grenzstein versetzt hatte.

Der heiteren Gesellschaft auf dem Bauernhof gingen nach einigen Stunden die Getränke aus. Der Knecht des Hauses wurde zur Wirtschaft geschickt, um noch einen Liter zu holen.

Als dieser auf dem Rückweg nahe an dem versetzten Grenzstein vorbeikam, stand auf einmal der verstorbene Bauer vor ihm, der wegen der Verschiebung des Steins auch nach seinem Tod nicht zur Ruhe kam und als Geist herumirren musste. Der Knecht fragte bestürzt, was er hier vorhätte. Der Geist bat ihn, eine heilige Messe für sich lesen zu lassen, dann wäre er erlöst.

Am anderen Morgen saß der Knecht lange im Beichtstuhl beim Pfarrer in der Sakristei. Die Kirchgänger, denen das

aufgefallen war, meinten, er sei wegen seines Branntwein-
geruchs ohne Lossprechung geblieben. Die Leute aber, die
mit ihm in der Neujahrsnacht zusammen waren, wussten,
dass er die heilige Messe für den toten Bauern bestellt hatte.
Von diesem Tage an ist der nächtliche Geist keinem mehr
begegnet. Der Knecht soll aber in der Neujahrsnacht weiße
Haare bekommen haben.

 **Quelle**

*Joseph Kellner: Die Erlösung. In: Heimatkalender der Herrlichkeit
Lembeck. Jahrgang 1931. Seite 106.*